当代诗人自选诗

还原为石头的月亮

远 人——著

中国书籍出版社
China Book Press

图书在版编目（CIP）数据

还原为石头的月亮 / 远人著 . — 北京 : 中国书籍
出版社 , 2019.4

ISBN 978-7-5068-7240-9

Ⅰ . ①还… Ⅱ . ①远… Ⅲ . ①诗集－中国－当代
Ⅳ . ① I227

中国版本图书馆 CIP 数据核字 (2019) 第 026581 号

还原为石头的月亮

远 人 著

图书策划	成晓春　崔付建
责任编辑	尹　浩
责任印制	孙马飞　马　芝
出版发行	中国书籍出版社
地　　址	北京市丰台区三路居路 97 号（邮编：100073）
电　　话	（010）52257143（总编室）（010）52257140（发行部）
电子邮箱	eo@chinabp.com.cn
经　　销	全国新华书店
印　　刷	三河市华东印刷有限公司
开　　本	880 毫米 × 1230 毫米　1/32
字　　数	70 千字
印　　张	7
版　　次	2019 年 4 月第 1 版　　2019 年 4 月第 1 次印刷
书　　号	ISBN 978-7-5068-7240-9
定　　价	45.00 元

目录 / Contents

辑一　都准备好了

002　步入中午的树林

004　回　来

006　废弃的石场

008　云

010　时间让我忘记了你的名字

012　铁匠铺

014　值得怜悯的深红色

016　客　厅

018　在大街上和初恋女友擦肩而过

020　屋顶和猫

021　停　电

022　一个朋友在火车上

024　冬天十四行

025　记住我

027　中午的办公室

028　窗外的黄昏

030　楼上楼下

031　越是沉寂，越是吹来夜晚的风

033　和友人凌晨喝醉酒后相约写诗

035　寂　静

036　他们的房子依山而筑

037　告　别

038　午夜的真相

040　我在一夜夜等待

041　麦斯米兰的歌声忧郁

043　每天早上

045　三种状态

047　我想写一首夸张的诗

049　扫　墓

050　爱上这痛苦

051　遗忘的信

053　遇见真实

054　蝙蝠飞翔

056　遇　见

057　除夕之夜

059　城市塑像

061　星期天的办公室

063 　11月2日，凌晨三时

065 　原野上的雪

067 　安静的森林

068 　日　记

070 　2月14日的诗

072 　某种需要

074 　偶然之诗

077 　河源古宅

079 　河上的木桥

080 　冬日的水

081 　高　音

083 　弼君公家塾

085 　十六世纪的西班牙小镇

087 　洗衣台

089 　深圳文博会

091 　无　穷

093 　火烧云

095 　空　旷

097 　去那坡的路上

098 　田州古城

100 　我想倾听宇宙深处的声音

102 　有时我会看见一些幻影

103 　六月的草坪

105 　凌晨的堤岸

107 　灰色的梦

108　写　作

109　平　静

111　入夜时的云

113　失　眠

115　红花中路

117　正拆的楼房

119　火山湖

121　飞地书局

123　过去的一次旅行

125　我每天走同样的路回家

127　存在的焦虑

129　灵感旅行的时候

131　夕　阳

133　我想彻夜拥抱你

135　石头收藏家

辑二　白桦林

138　冥想的石头（组诗）

143　散步或远行（组诗）

152　成都，成都（组诗）

159　二十一片树叶（组诗）

167　题梵·高画册（组诗）

175　白桦林（组诗）

辑三　微暗的火

184　雨（长诗）

189　微暗的火（长诗）

194　一个冬天的下午（长诗）

199　散步·雨（长诗）

204　冬夜（长诗）

209　成长（长诗）

214　后　记

辑一　都准备好了

步入中午的树林

步入中午的树林
步入松针与落叶铺满一地的小路
阳光成群结队地挂在枝头
随意蜇刺我的皮肤
微风的羽毛摩擦每一枚叶片
现实与梦想
都漂浮在光线与光线间的缝隙里

我旅途的疲倦被柔软地拂去
我的目光向远处不断愉快地蜿蜒
四下里没有旁人，我感到
这些高大的树和矮小的草们
都以温和容纳了我的进入
这些毫无遮拦的形象
都以坦诚的意蕴深入我的心底
使我不由想躺下来

在与落叶的厚壤充分地接触中
聆听树林里的灵魂
那些自由朴素的私语

就这样闭上眼
我忘记了尘嚣和自己的年龄
我不知不觉恬然地睡去
昔日受伤的梦
花一样盛开温柔的阳光

1991年9月6日

回　来

你沉默地回来
眼睛里不含一个字
我懂得你的暗语
你把一切都留在远方

这里的事物依然没变
我垂下的眸
在读一首诗篇
幽蓝的烟雾在升起

你站在门外
浅颜色的窗帘挡住你
你没有进来
我手中的烟慢慢燃尽

你站在门外

不能说的经历在你眼里
我垂下的眸
看见烟雾在日子里蒙上幽蓝

在今天，许多话都不能再说
许多的事，都不能再选择
我的房间缠绕着凌乱
像此刻，我脸上的表情

而你沉默地回来
我该怎样说出
该离去的都已离去
留下的都阒无声息

1994年8月25日

废弃的石场

当搬运结束，我的手指
只划动一次月光
那些高处的亮，从我额顶滚过
我瞳仁里最后的阴影
在忽略之后，藏住了倾听

众生已敛，喧腾过的时光
只拿出一段秘密的流逝
它们把一块岩石抱紧
把它的完整夯开，我压在腹腔里的激情
开始继承这里的起点——

绕过一块块石头，我依旧可以听到
荒凉被怎样腾空，一块空地的月光
我不能说，"重新搬运吧
把一个海洋送到这里。"

我没有说，我的手指只划动这里的安宁

和这里无边的冷淡
我的脸隐入道路，我怎样改变这里
众生已敛，这里的一小片月光
我怎样充分地加以利用，或者说
我只是一个找不到返回的观察者

被脚下的一堆岩石谈论，轻声地
说出我至今尚未发觉的隐秘
它们继续埋没，当我的手指
蓦然一阵慌乱，只是这石场
发生区区一次滚动

1995年9月23日夜

云

没有人看见它升起的过程
这天空中巨大又轻盈的载体
当我说出它的名字
一片收缩的水分便从我皮肤里浸润而出

仿佛没有异物的思想
在它汇聚里闪动一盏盏银器所不具有的光芒
我的手指曾在它胸腹里穿过
但那来临的时刻我从未知晓

把语言带到远处的风
其实没有离开波浪样的屋顶
我站在青色的瓦片上久久眺望
两片椭圆的云仿佛天空的乳房垂下来罕有之美!

它虚拟的核心的构造是何时完毕

甚至上帝也不能把它看透

但它就在那里，用它过分明亮的表情

在我们内心留下永远的一席之地

1998年6月24日

时间让我忘记了你的名字

时间让我忘记了你的名字
我只看见一张梦里出现的容颜
在记忆里穿越，不着一丝灰尘
我几乎不能把你重新认出

在今天你已不再是你
你是别人，是参天古树上那枚
顶端的叶子，没有人把你呼喊
没有人把你的脸庞再一次描绘

你是别人，时间已把你越过
时间的蛛网，在每个年龄的分岔处
一层层交叠，仿佛下垂的厚幕
我看不到任何一种光亮从中透出

在一切消失的过程里，我看见世界

也是时间里的一种遗忘，像你的名字
无人惋惜，它的结局无非就是尘土与灰烬
里面再没有悲伤，留存这绝对的空旷

1998年9月19日

铁匠铺

从那里我捡来
一块铁片的尖叫

它在旁边的铺子里
一把粗大的火钳中间
水在滚烫里翻涌
那铁片，在浸下去的瞬间
发出来痛苦的尖叫

我的喉咙
变得极不舒服
像药片上的糖衣
在舌尖融化
它突出而坚硬的滋味
顺着喉管往下滑去

——它怎么啦?

它要变成个什么样子?

惨白色的热气

缓慢地朝上延伸

像颤抖的、弓着的背脊

任何时候都不稳住自己

企图适应每一种变化

或许值得一试:像那铁片

在滚水里再一次强调

运出喉咙的欲望

通红,赤裸

使烧开的水

翻滚得更加厉害!

它要变成个什么样子

某种已近在咫尺的东西

不知是可怕的,还是敬畏的……

2000年6月7日

值得怜悯的深红色

整夜我都在
想象你的睡眠

石头在水上增高
一整块玻璃躺在上面

你用弓起的食指敲它
从它肩上开始，一条
明显的裂痕
仿佛蜡笔画出

像在水中一样
你一直不肯
让我过来，即使
没有说话，也没有摇头

而继续

裂下去的声音

在早晨，显得特别悦耳

一直传过

对岸那片树林

那里，一大群黑鸟

从它们躲藏的地方飞出

每一只都那样强烈

发出它们冻僵的嗓音

就像迅速滑下去的

玻璃的裂痕

藏起来的深深尖叫

在呼吸中我感到

一种战栗，当另一块石头

笔直地沉入水底

2001年1月5日夜

客 厅

现在我们要回去了
留下你一个人
你和你的影子
清理狼藉的桌面

是的，窗帘
是的，一次性纸杯
是的，烟灰缸里
我摁灭的几个烟蒂

旁边的楼房
已熄灭了灯火
我们起身太晚
也没有谈论更多的话题

只有一首写好的诗

在你电脑的文档上
默默不语，像只学不会
编织谎言的稚鸟

它只和我们的语言碰撞
自己却不吭声
我们谁也闻不到它的气味
每首诗本身都是一个静物

有只苍蝇飞进来
被蝇拍逮住了
事情就是如此
人的声音并不协调

我们离开时
一切都恢复原样
野草变成砖墙，女人变成波浪
十二点准时带来三十九个台阶

2001年5月26日

在大街上和初恋女友擦肩而过

最后是在一条小巷，
你沉默着，外衣上
布满冰冷的皱褶。
十月，可畏的空气回到肉体。

我不记得过去多少个十月
我一直想回转身子
我还想重新走回去。
你沉默着，我看见你在长大。
你的脸水一样动荡，
我终于看不清你。

一种强烈的东西
终究从我身上分离。
我没有去找你，
我打听到你的电话，

仅仅是打听
你结婚了，在十月，我和他
相互认识，但他不知道我有过你的爱情。

我忘记我们为什么分手，
贪婪，和许多误解。
我已经原谅自己，我也没有
选择一个人独自生活。

只是这一次，我没有去想回头，
尽管又是十月，街上的布景
有一些模糊的相同之处
变化的还是非常强烈——

好像那是最严肃的经历，
贪婪，或是误解，
我希望没有谁再去记起。
我已彻底原谅了自己。

2002年8月16日夜

屋顶和猫

在办公室窗外，二楼的屋顶
倾斜着。它的瓦
承受着雨水，我的雨衣
挂在办公室门后，它面对那个屋顶
结果是面对更多的雨水——
我现在已不喜欢雨水
它仿佛要一直把我压着
那只猫也被压着，不像有阳光的时候
它在每一块瓦上走动，它使我
感到快乐，当它的眼睛
望着我时，像望一个亲密的朋友

2004年4月3日

停　电

停电了，房间里
突然没有了光线，
也突然没有了声音；
我突然看不见旁边的脸，
看不见房间的摆设，
好像除了我，再没有谁
在这世界上躲藏。
可是转眼，有人在身旁
小声地说道，"停电了。"
我感到了安全——在黑暗里
我知道我不是独自一人。

2004年7月28日夜

一个朋友在火车上

一个朋友在火车上
他的脸，在此刻模糊
灯光里的阴影
在玻璃上晃动

铁轨一定在响
一种孤独
在加速里变暗
朋友的身边，有人在睡去

也有人
用牙签在剔
晚餐时读到的新闻
——那是比车速更快的部分

仿佛那些

总在日子里
冲突的噪音
现在被一个人压在舌底

它们不闪耀，我也不愿意
它们完全沉默，就像列车
刚刚穿过平原
黑夜将自己留在了那里

我理解它的渴望
是挽留这世上的一切
车厢里的灯
正闭上全部的眼

于是那个朋友，将在黑暗里
继续他的旅途。我也将继续
留在这首诗里，等待他的终点
和九个钟头后的早晨

2007年7月25日夜

冬天十四行

天已经黑了，我一个人回家
薄薄的冰在脚下响着，好像一条河水
在地下流过去，我每步走得很慢
像是担心滑倒，落叶已经从冬天滑开
没有落叶的世界非常安静
只有灯光亮着。一个女人
在灯光下忙碌，当冬天的水
淌过她指尖下的蔬菜之时，我已经
走到了楼下，报箱的锁孔布满冰凌
我用钥匙，一点一点把它捣碎
没有叶子的树在我身后，投下它
漆黑和湿滑的影子，灯光在楼上亮着
仿佛是这寒夜唯一的光，在女人脸上
摇晃出一点一点温暖的气息

2008年1月23日

记住我

记住我——他说

记住我什么也没有给你带来

记住我——他说

记住我走过那么远的路，但沿途的河水都改变了方向

记住我——他说

记住我曾走到一座桥上，但我没能在那里松开所有的负担

记住我——他说

记住我在雨中为你握紧过一次月亮，但月亮把我的手指

划伤

记住我——他说

记住我年复一年，没有使哪怕一个夜晚变得不再荒凉

记住我——他说

记住我住进过一块石头，几百个光年也没能把它砸碎，而

它自己忽然裂开

记住我——他说

记住我一次又一次地围绕你，站着的地点却是无边的黑暗

所以记住我——他说

在你终将遗忘的尽头，才会有这样一种黑暗

2008年3月23日夜

中午的办公室

桌子上的书籍变得安静
中午，只有我在办公室假寐
夏天已近在咫尺，窗外
炎热还没有到达它的顶端

我希望我能写下这个时刻
——它充满迟疑、缓慢
充满一个人孤独的心事
窗外，草坪不能将它们容纳

从春天开始，草坪上就栽种着
似乎永远长不大的树，它们不在乎
脚下的草渐渐变黄，也不在乎
两只飞过来的鸟，转眼就没有踪迹

2008年6月5日

窗外的黄昏

从我站着的地方看过去
黄昏已变得潮湿，黄昏的脸
在天空中晃了几晃，它的手
还是按在远处的屋顶之上

我站着的地方，面对一个窗口
窗口的外面，是颜色逐渐加深的树
再过一会，我将什么也看不清
我能重新变成一个孩子吗

在潮湿的黄昏下，我愿意看见的
就是那些孩子，他们毫不害怕黑暗
我什么时候开始害怕那些
看不清又说不出名字的东西呢

它们密集地藏在自己的深处

像一片连着一片的树叶，发出
咝咝的声响，那声响一直越过树顶
直到它们变成黑暗里的落叶

在黑暗里，落叶声越来越响
孩子们回家了，亮起来的灯光
越来越远，越来越模糊。不知道
我在沉寂和暗淡中还能站上多久

2008年7月9日

楼上楼下

每天早上，楼下的邻居就开始
积攒汗珠，在光滑而黝黑的背上
被水淋过的西瓜从房间搬到车上
一把水果刀搁在擦汗的毛巾下面

我在楼上看着他一趟趟来回
他要这样干上一整个夏天
现在，夏天越来越深了
推车出门的时候，他把背心缠到腕上

我还是在房间里坐着
我决心要写的诗歌还是一个影子
直到天黑了，邻居推辆空车子回来
我打开灯——现在该轮到午夜说话了

2008年7月11日夜

越是沉寂，越是吹来夜晚的风

越是沉寂，越是吹来夜晚的风
树影一棵接一棵摇动，在摇动中
它们转过身来，像是要走向我
周围的房子有的闪烁，有的漂浮

风占据着广大的黑暗，黑暗里
有一片蚊子的哭声，就像
我读过的那些悲剧，我应该
把它们全部忘掉，可我没有忘掉

在沙沙作响的沉寂里，每个人
都在改变自己的位置，只是月亮
没有升起，它还藏在宇宙的深处
宇宙在那里，一直沸腾自己的荒凉

一切道路都越来越窄，有的已经消失

有的还在起伏，我想我应该坐到某棵
走来的树下，把背靠住它发硬的脊梁
它给出的安慰，比任何一种希望结实

2008年7月15日

和友人凌晨喝醉酒后相约写诗

一个人喝醉了，谁知道他为什么
要醉成呕吐的样子？以至于
他找不到回家的路该怎么走
也许他本来就没想着要回去

那么他是要去到哪里？朋友们
都一个个离开了，说真的
他呕吐的气味并不好闻，他的嘴脸
也像在店里的玻璃门上挤过一样

你要他现在认出自己非常困难
他对你也一个劲地嚷道——
你认识你自己啊？你看看这抹布
我一擦就把你的名字给擦掉！

——他这是在说什么啊？简直就像

一叠摇摇晃晃的椅子，眼看着
他就要从最上面那张椅子上摔下来
而他还要继续胡说八道下去

你就让他这么说下去，反正他
愿意撞进一堵墙里，你就让他
和这个世界在墙里争执，反正你知道
这世界到处是墙，你画不出一扇能打开的门

2008年9月1日凌晨

寂 静

半夜，一个人醒了
房间里，寂静闪烁如水
他从床头坐起，像是听见了
这水里的声音——什么声音呢

黑暗里什么也看不见
朦胧的书籍堆在床边
多小的一个地方！他不由拿起
内心那块石子，投入这片寂静

于是一圈涟漪荡开，沿着这个午夜
他跟着它到达一个很远的岸边
那里有群山、茅屋、溪水、独木舟
那里有那么多生活，穿过他悲伤的想象

2008年9月2日夜

他们的房子依山而筑

通过一座小桥，就是
他们居住的房子
他们的房子建在整个山体之中
溪流从门外的低凹处流过
小桥就架在溪流上面
他们白天从桥上走过
现在是夜晚，溪流在涧石上撞出
出乎意料的喧响，他们的房子
封闭着，像一团劈不开的寂静

2008年9月8日夜

告 别

那一刻你在玻璃后面
发黑的树影，使你的脸
藏得更深，我想看清你时已经太晚
一些裂开的声音，回到彼此的咽喉深处

于是我什么也听不到，或许我
什么也不想听，太阳的光线
一根根绷紧，箍住这旋转的地球
而地球，又正加快它无情的旋转——

2008年11月19日夜

午夜的真相

什么也看不清的午夜
星星从旷野划过，它的碎片
燃烧了片刻，然后像滴变干的水
在属于它的此刻掉落

此刻仍是午夜
一个逐渐死去的日子，无法统计
多少人想过挽留，但所有的声音
都沉默得像已睡去

有人在这时候寻找钥匙——钥匙？
它现在能打开什么样的门？
这里是旷野，没有人能在旷野找到真相
真相没有要求过钥匙

真相永远不会要求

你去撬开石头和墙壁，真相只能是
在午夜出现的声音——那可能是黯淡的虫鸣
也可能是一个人突然的抽泣

2008年12月14日凌晨

我在一夜夜等待

我在一夜夜等待，我的耳朵
在一夜夜收集那些不能听见的声音
灰尘从月亮上落下——真的是
灰尘吗？灰尘掩埋了每个人渴望重温的
梦幻、饥渴，和人类一代代重复的
关于爱的誓言，它惊动的灵魂
是从黑暗里回来的幻象
我躲在寂静里，一夜夜看着这不断来临
又不断失去的诞生
树枝和树叶，一夜夜交错
我的脸埋在下面，看着远处的影子
一夜夜在路的尽处，把真实许诺给远方

2009年1月14日夜

麦斯米兰的歌声忧郁

麦斯米兰的歌声忧郁
在隐约可见的树顶
树叶和鸟
创造它们各自的音乐

唱歌的人靠在墙上
眼睛低垂。树叶和鸟
在他头发上面
吐出看不见的舌头

想哭的人假装没有听见
但是草在变红
海洋在最深的地底
喷出孤寂的浪花

麦斯米兰一直在唱

直到鸟在枝头变成听众
直到浓浓树液在树皮里
朝心跳的地方涌去

2009年4月18日凌晨

每天早上

每天早上，你出门时我还在沉睡
一个没做完的梦
继续纠缠我，于是我在模糊中
在白昼推开窗帘的缓慢中
听见你离去

每天早上，每天早上
我都听见你离去
听见一只睡眠深处的鸟
拍打它的翅膀

于是一个内在的我
被首先唤醒
他跟随你到客厅、厨房
再跟随你到大街、车站

那个真实的我也将醒来
他听见光线，踮着脚进来
听见一只鸟，温柔地啼叫

2010年4月22日

三种状态

开始

我每天都挖掘自己
从皮肤到血液
从血液到骨头
为了有朝一日
我能爱上彻底破碎的自己

过程

我想收集一种颜色
在灰蒙蒙的地上
灰蒙蒙的水边和天际
我想收集纯粹的野生之绿

这需要一种绝望的才华
需要我试了一次，又试一次

结局

把所有的货物
卸下之后，我发现
我最后要卸走的灵魂
仍比所有的货物沉重

越压迫我的东西
我越决心把它扛起

2011年6月17日

我想写一首夸张的诗

我想写一首夸张的诗
譬如火柴，我想把它
写成一场大火，譬如水珠
我想把它说成一条大河

那些奔腾的东西
都有很坚硬的部位
它们在语言中心
被一个一个漩涡围绕

我挣不脱语言的漩涡！
因此我想继续夸张——
一个字，就是一本很厚的书
一本书，就是一幢悬崖样的图书馆

图书馆有亿万个人——这已经

不是夸张，他们将队伍
排列到时间深处，只有一个
热衷夸张的人，才想去艰难地阅读

2012年3月16日

扫 墓

一年未除过的杂草，掩盖住外祖父的坟头。
一个从未在我记忆里走过的人，把名字刻在碑上。

香烛、鞭炮、纸钱，很快在地上，变成松软的
灰烬。正午的光线，小心地拨开树枝，尽量

不发出声响，好像他难以置信的生平，能在我的
一无所知里铺展——他活到他的结束，最后把信任

交给深褐色的泥土。因为泥土不会死去，
从泥土里，让人喜欢的植物，像头发，缓慢地长出。

现在，方圆十里，油菜花成群结队，站满一层层田埂，
它们头顶金黄，蝴蝶在上面，飞快地扑动白色的翅膀。

2012年3月31日

爱上这痛苦

爱上这痛苦
爱上这胸口
突然出现的虚空
爱上一只手
慢慢松开它的紧握

爱上这虚空
它不断来临
不断侵略
爱上这越来越小的领域
不管它多小，仍可容纳
一颗放下去的心

爱上这颗心
爱上它迸发的全部感受
像爱上柏拉图的幽灵

2012年4月27日夜

遗忘的信

在抽屉底部，一封信
忽然醒来，它书写着
很多年前的悲伤，我感到诧异
我为什么会那样悲伤

此刻我想不起为什么
我没有把它寄出，我试图
回想，在那些时光里
有只什么样的手堵在那里

我看不清是谁的手，或许
那只手久久按住门把
在转动锁孔时忽然犹豫
整扇门终究没有打开

于是我也关闭了自己

让自己影子样移动

直到我移动到今天，看见一个

时光中的我，早已选择离开

2012年12月12日凌晨

遇见真实

晚上在一个朋友家聚餐。
我们喝完准备的酒后，
开始谈论小说。

有些看法完全一致，
小说，
需要一个故事，需要
几个细节的真实。

回家时我果然
遇见真实——
我梦见过的星星，
全部涌上天空，
它们凝望人世，像凝望无边的大海。

2013年6月4日凌晨

蝙蝠飞翔

夏夜。蝙蝠飞翔
这是我看见的

蝙蝠飞了很久
我凝视它很久

蝙蝠不值得凝视？
不，蝙蝠在飞翔
能飞翔的都令我忌妒

我将在尘世走完一生
我知道我会很累
但我还是要走
走到看不到飞翔的地方
走到看不到他人的地方

我不去管他人怎样到达

我现在在我的半途

我暂时停了停

因为是夏夜

蝙蝠在飞翔

月亮在照耀

我想再凝视一会

2013年10月21日夜

遇　见

（赠起伦与小驴）

一生遇见的人很多
最后剩下的
只是几个朋友
和几个爱过的女人
就像我们，用二十年时光
发酵每一个日子
女人在杯底，用不说话的
眼睛，说出她们想说的一切
只有时间，始终在倾泻
它的黯淡与明亮。今夜
那个远走天涯的朋友回来
他从衣兜里掏出潮水，铺到
我们桌上汹涌，而我们
曾经的理想，就是从汹涌
到达此刻的无言

2014年10月20日

除夕之夜

现在那些爆竹在窗外响起
有一些白天看不见的花
很美，又很快消失
它们在开放时一定很烫
没有人敢去触摸
有人在很小的时候喜欢它
那时他认为世界就是这个样子
——开放、开放，永不熄灭
他试图把它握在手里
那样他会看见自己的脸
在迸落的火星中明亮
那时他想着的是美丽出现
——美丽、美丽，在他的夜晚永不停息
现在很多年过去
他忘记自己小时候的样子
仿佛他在消失，像那些焰火

在看不见的烟中散去
现在他不会出去
他就坐在一间房子深处
外面的响声连续
一些升起的火比他小时候升得更高
他的影子在墙上变厚了
他看着墙上的阴影，眼睛里没有惊讶
也没有人能看见他的表情

2015年2月18日

城市塑像

那在城市中心矗立的塑像
是远古的战士和他的骏马
人群从他身边走过，太阳
照耀着，和一千年前一样
现在几乎没有人再凝望他
他的马匹和马匹上的缰绳
他的盔甲和他脸上的肌肉
都变成青铜，灰尘在上面
覆盖，被天空的雨水冲洗
同样是青铜的眼睛还仿佛
无比愤怒，仿佛无数伏击
仍在马蹄下溅起块状尘土
但他的激情已经不被注意
仿佛没有人会在今天受伤
也没有人在今天忍受痛苦
我眯起眼睛，仔细打量他

一千年前的样子还是今天的样子，他所经历的世界也还是今天的世界，令人习以为常的生活像个钟摆在某个局部重复。当夜幕缓缓降临，广场上的塑像依然还会继续他听不见的怒吼。他的影子在月光下移动，像不被注意的真实准备从历史的灰暗里复活

2016年3月4日

星期天的办公室

除了我，办公室再没有他人
我赶写的一篇公文结束
键盘恢复了安静，整张桌上
散乱一些报纸和几本书籍
看不见的灰尘落在它们身上

这其实是一个空间
没有人打扰
没有同事进来，没有风
吹动窗口的窗帘，我在椅背上
靠着，想着我为什么会在这里

或许，卡夫卡也这样想过
当他透过窗口凝视外面
外面是布拉格的河流和广场
他很少去河边散步，除了

那个总在头脑中出现的城堡

这是种能力——当他虚构一种生活
外面的一切都随之改变
此刻，我起身走到窗前
楼下是图书馆的坪地，阳光
铺在地上，没有人在那里散步

2016年7月2日

11月2日，凌晨三时

那时我全神贯注

在写一首诗歌

拉紧的窗帘

将黑暗的长街挡在外面

我背对着它，写下对生活的幻想

我也以为，我一行行到达了幻想中的美好

远去又到来的夜行车，不断驶入耳轮

我偶尔会停下来，听听那些声音

若有所思，然后继续写下去

这一天下午，一个朋友告诉我

凌晨三时，他正送妻子前往机场

难道他在那时，加入过我窗外的声音？

我不由想象，一直亮起的车灯

试图戳穿浓稠的黑暗

但更大的黑暗还是围拢过来

我能感觉，朋友的眼睛一直望着玻璃之外

车轮在柏油路上，发出非常刺耳的声音
那时我咬紧牙关，试图将诗歌
推到最美好的一行，也是
结束的一行

2016年11月2日夜

原野上的雪

雪落下时总是没有声音
当它覆盖一个原野
原野也渐渐没有了声音
没有了兽类，没有了流水
在统一的白色中，原野仿佛
无穷无尽地伸展。当我
来到这个原野，我就想
从这里走过去，我知道雪上
会出现我的脚印。在地上
我从未踩出过如此深的脚印
这时我走得比以前更慢
我每一次抬步，都要
用力才能从雪里拔出
雪摩擦着鞋底，和我的喘息
交织成这里唯一的声音
但我不会回头去看那些脚印

雪一直在下，它会慢慢
掩盖我的脚印，它会告诉我
我并没有从这里走过。或许
我真的没有从这个原野走过
我只是走过一场大雪
走过一个没有声音的世界
我知道我迟早会从这里消失
不管是真实的旅途还是想象
我的所有都不可能在雪里留存
雪不会留存任何人的脚印
我只是走过这里，我走过的
艰辛，后来者永远不会知道
我也奇怪的不想让任何人知道

2016年11月26日凌晨

安静的森林

夜里总有蛙鸣
在我窗外响起
恍然间我不在城市
一座森林的影子出现
里面有更多的呼吸
它们来自石头、树叶和流水
来自被月亮惊醒的鸟
它们组成无人听见的乐队
告诉我地球上最完美的声音
我站在这些声音外面
确认出我的热爱
确认出我全部的内心
我倾听着，一阵小小的蛙鸣
不停将我灌溉

2016年12月2日夜

日　记
——给梅·萨藤

你可以
再孤独一点
和喧嚣
再远一点

你可以读一位
女作家在孤独中
完成的日记
她写下她的疾病，降临到床上的白昼
写下她给陌生读者的回信
写下她的狗，她每天和它一起散步
写下她的阅读和继续写作的决心
写下寒冷和节日里终于落下的大雪
写下卡车撞伤的邻居的动物
写下她对另一个女人的爱，为她烹好午餐

写下压力和承受，对风格的沉思
写下窗台上的山雀，它们又全部飞走
写下路过的海洋，那些时时刻刻的澎湃
让她踩住了车刹
海水撞击岩石的声音不绝于耳
那是世上最孤独的声音

你可以
选择另一种生活
选择一个伴侣
让她撞击你
将你守护到更严厉的孤独当中

2016年12月13日凌晨

2月14日的诗

一片草地让我感觉到希望
它将一片绿色涂抹到远处

远处是我看不见的地方
我还是确信，有人在那里相互爱恋

他们将礼物赠送给对方
然后捉住彼此眼睛里的变化

我这时猜测，那片草地会围拢过去
一股特别好闻的气息将在上面升起

我搁在窗台的双手忽然有点发热
因为阳光像上帝在一遍遍抚摩

它建议我用我的全部去爱一个人

那样我将看到我的缺陷得到弥补

于是我不由凝望更远的远处
那里的花朵和草叶，果然在埋掉我的孤独

2017年2月14日

某种需要

我时常觉得我需要一个向导
他不是一开始就面对我
但他的手始终和我牵在一起

我想克服我的怀疑
有时候是焦虑，对人的不信任
我不知道它们是从哪条路走到我心里

因为我愿意相信的不是这些
我到过的地方都有出人意料的美
我没做到将那些美一直保留

我总会想起我遭遇过的痛楚
它来自他人，来自一些看不见的伤口
它比所有能看见的都更加真实

更真实的是我心里出现的空洞
我发现我已接受用虚无来解释一切
这点让我惊异，我发现时为时已晚

现在我很想到一个我从未去过的地方
我不认识那里任何一个人，在那里
充足的光线或许能使我得到一个新的开始

但我知道所有的事情会再一次发生
我置身在我的生活当中，不能早一点
也不能晚一点，或许我需要记住的只是

某个傍晚，世界在落日下的海洋尽头出现
为了永不失去我牵住的那只手
我握紧着它，又暗暗用力，再握紧一下

2017年2月23日

偶然之诗

我来到一棵树下，非常偶然
这棵树长在这里，同样偶然
它的种子来自一阵偶然的风
又或许是一只偶然的鸟
泥土偶然裂开，恰好
有一场偶然的雨，使它埋入地下

我看着从远处过来的河
想到它有个偶然的源头
有一场偶然的奔跑
地形偶然出现了塌陷
于是偶然出现属于它的河床

我现在必须面对偶然造成的现实
强大的现实也来自偶然
它和一片树叶的命运相同

每一片叶子都偶然挺出树枝
没有树叶，谁听得到树有什么声音
一块石头同样如此
有的在山上，有的到了一个花坛
没有人知道它是怎样到的花坛
一个人偶然把它丢在里面，转眼就遗忘

地球也是一块偶然诞生的石头
它美丽，但旋转得非常无情
它是蓝色，原因是偶然出现了海洋
彗星偶然和它碰撞，释放出体内携带的水
彗星的水也非常偶然
一次偶然的研究得出偶然的结论
我在一次科幻节目中偶然看见那次报道

人现在也得不出结论
人究竟何时出现。偶然发现的化石
交给我们偶然的答案，但答案不确定
因为还有新的化石会偶然出现
它只能暂时提供，植物何时出现
动物何时出现。每一个答案
又被下一次偶然覆盖和推翻
像推翻某个朝代，推翻某个暴君
人推翻所有，就为了创造偶然的历史

生命本身多么偶然，我们
和我们所见的一切，原本都不会存在
但一切又奇迹般地存在
此刻我站在这棵树下
站在这条河流边沉思
我偶然爱上一个人——譬如你
偶然爱上一件事——譬如写作
然后，付出我偶然的一生

2017年5月18日凌晨

河源古宅

我走进一个古宅
一尺高的荒草长满庭院
垃圾桶倒扣在草堆里
门上的油漆已经剥落

一股轻微的霉味
从裂开的屋顶掉落
天井里看不到一点青苔
墙壁在干涸里张开很多裂缝

我奇怪里面房间的地上
铺满一层层炸过的鞭炮红纸
好像不久前，有人在这里祭祀
在这里寻找某个往日和从前

我果然看到从前——

在一张没有供果的桌上
两幅来自清朝的遗像
非常端正地靠住墙壁

几百年前的朝服，仍然
穿在男人身上，在他身边
端坐一个女人。不知他们是否相爱
她知道她的身份，在此刻应该不笑

他们保持自己的威严和目光
凝望着站在面前的我们。在那时
他们前面会有些什么呢？
我听到人字形的屋顶上

总是传来古怪的声音
好像有个人在下来，但他终究
留在他的久远。这里没有解说
异样的空间里，墙壁在异样的沉默

2017年6月30日

河上的木桥

我没认出那座木桥的名字
桥身发暗的油漆在告诉我它的久远
我走上去，导游在旁边
说另外还有一座桥
我顺着她的手指看去
远处果然还有一座
那里的桥上同样有人，或许
也有人向我这边张望
但他们不会过来，我也不会过去
我想听到水流，但水几乎没有声音
它穿过那个桥墩淌来，或许
它不知道自己在流淌
不知道它穿过了两座桥梁
我没打算去另一座桥，就像
我没打算让自己踏入同一条河

2017年11月24日夜

冬日的水

每年冬天，河床里的水都会减少

水一层层干涸

暴露出河床里的沙粒和石头

变浅的水不再奔跑

好像它在沉默里知道自己到了尽头

我在冬天也喜欢沉默

我望着干涸的尽头

那里不再充满激动我的色彩

我沿着河慢慢散步，一支烟

我久久未吸，微旋的烟缕

在空气中散去。远方暴露在冬天的河边

如此多的沙粒

和光秃秃的树枝一起，把我

暴露成一块无人注意的

还在走动的黑色石头

2017年12月4日

高　音

我总是唱不了高音
那些能唱上去的
我都暗暗羡慕

就像早上那只鸟
总在我窗口亮起嗓门
它有一个高音的区域逐渐打开

我暗想我永远都发不出
那种嘹亮的、高亢的、野蛮的、疯狂的
令人听见后就不可能遗忘的声音

我发出的
总有一种虚无
所以它总是低沉，还有一些黯淡

我不太明白
为什么我只拥有这一种声音
它始终伴随我，不用我去学习

我总在虚无里发现某种沉重
没有人告诉我，这些沉重从何而来
它们好像不知不觉就进入我的胸腔

我现在到了一切都不可更改的年龄
我希望还能继续低声地歌唱
像午夜最后一只鸟，发出看见月亮时的声音

2018年4月16日夜

弼君公家塾

去年我来过这里
公家塾的一切都没有改变
两扇红漆剥落的大门关闭
一把挂锁，连住两个门环
中间推开的缝隙可以凑眼去看
今天一直下雨
停在门外的摩拜自行车
好像从去年起就没有挪动
那些坚硬的门柱、门槛
在这里封存了几百年岁月
它们摸上去始终光滑
没有人知道几百年前的石匠是谁
没有人知道里面生活过的是谁
没有人知道建起这房屋的是谁
我想起去年，我走到这里
同样凑眼看向里面

除了光线掉落的天井，除了天井下
半指深的水池，除了水池上
覆满的一层绿色（它看上去
像一片时间垒起的草地）
什么都无法看到。我今天再去看时
忽然感到一阵恍惚——去年？
去年能意味一种什么感受
去年我已经看过里面
里面不再有人居住，不再有人的气息
这里究竟是什么产生了吸引
我们轮流从门缝间注视里面
没有人告诉我，他（她）究竟看见了什么
除了残缺，除了凋落，除了
永远不会开口说话的石头和廊柱
除了同样下在里面的雨水
它们一年年不会改变，又一年年都在改变

2018年4月28日

十六世纪的西班牙小镇
——题格列柯油画，兼赠志刚兄

看清楚了，那小镇在倾斜的山坡上面

看清楚了，那小镇远离我们今天的生活

看清楚了，那些白色的石头已垒成尖尖的屋顶

钟声在屋顶上响着

它每次传出很远的声音

总是一下一下地震动人心

小镇的一切都是石头垒起

矮的房屋，高的教堂

在草丛中矗立的十字架

它们都在十六世纪的乌云下一声不响

天空如此黯淡，一场雨总是不肯下来

石头旁有那么多人

他们成群结队，又很难让人发觉

看清楚了，他们中没有一个人慌乱

看清楚了，他们将从那一刻开始

活过以后的每一个世纪

看清楚了，乌云里有一道落下来的光

它从高处的屋顶开始蔓延

在山坡上，在石头上，在草丛上

好像没有声音的水流

一直往低处流淌，看清楚了

那光在流往低处

所有的人都在低处，所有的生活都在低处

所有的日子，所有的岁月

所有的思想、等待、痛苦、喜悦

全部都在低处，包括那个世纪深处

你在认出的你，和我在认出的我

你和我，都在有泥土的低处，被照耀的低处

2018年5月5日

洗衣台

那个宿舍早已不在了
天井里的洗衣台，也早已不在了
那时，我时常在楼上看着下面
我攀上的栏杆上有镂空的间隔
妈妈在下面的天井洗衣
一个镪铁水桶在她脚旁，一面床单
铺开在洗衣台的水泥台上
妈妈用一把刷子，不断刷着床单
偶尔有一些非常小的肥皂泡飞起
我暗暗希望，它们能缓慢地飞到二楼
我伸出手就能把它们接住
妈妈将刷好的一面挪动，堆起在洗衣台一侧
整面床单仿佛一直在旋转
我非常惊讶它没有一只角掉到地上
将整面床单洗好之后，妈妈将水桶提起
用清水冲过上面的花朵和树叶

然后她收起床单，将它滚成
一个长筒，一点一点绞动，拧出里面的水
我始终在楼上看着，不记得那是什么时候
妈妈永远不会知道我那时在看她
那时我什么也没想，那时我不会知道
我会在今天，渴望把那场景再看上一次

2018年5月13日

深圳文博会

很惊讶这里究竟展览了什么
无数个展区，无数个过道
无数个或大或小的台面
上面有一些手工、刺绣
有一些雕塑和一些电影海报
朋友们已经到达这里
我们聚集在"湖南"两个字的下面
在外省，我已很久没看见这两个字
一些红色的灯管亮在字的里面
如同一股血液，在里面暗暗流淌
我的皮肤里也流淌这样的血
只是没有人知道它是激烈还是平缓
也很少有人看出
在那两个字的里面，撑起一根骨骼
上面镂刻很多近代史上的名字
我沉默地注视它

很多人的喧哗，我不再听到
很多事的翻涌，我仿佛都在参与
那个省会城市的一座山、一条江
一个在秋天会变得很美的洲
都在这个瞬间出现。今天
从那里出走了很多爱上天涯的人
他们在地图上星罗棋布地生活
他们很多人都在今天来到这里
（不会有太多人，能叫出他们的名字）
我们合影时，我把一个
贴有"时刻"的牌子握在手里
我知道这是故乡，降临我们当中的时刻

2018年5月16日

无　穷

在眼睛能看到的地方
只有海洋展现出真正的无穷
沙滩上的无数脚印
你永远不知是谁留下，也永远
不知留下它们的人去到了哪里
海水在中午，缓慢地起伏
你感觉它在召唤，但你觉得
你还不配召唤，也没有任何人配得上召唤
它从一个无穷的地方涌出
好像也没有人到过那里
在沙滩上的一条驳船上，一个青年
坐在倒扣的船底，他抬起眼凝视海面
好像只有无穷值得他去凝视
你永远不知他此刻是幸福还是悲伤
——它们到过每个人心底，但都不长久
没有谁能长久占据某种情感和事物

人受控于某些瞬间，受控于经历和年龄
只有无穷，把所有的一切都甩在身后
永远都像海一样起伏和召唤——尤其
当你来到某个时间某个地点
当你来到某个场景
譬如面对这泛着泡沫的海，面对十万吨
从天而降的蓝，面对一个
不去注意你的人，就仿佛在熟悉的字眼里
读到一首完全陌生的诗歌

2018年5月17日

火烧云

黄昏，火烧云在天空出现
它们红得耀眼，仿佛从来没有经历白色
它们低垂，把天空也拉到远处的楼顶

我在楼顶对面的一扇窗内站了很久
一些无法停止的念头纷纷击打我
我想抓住其中一个，好认真地打量

但没有一个念头停下来
只有那些云始终不动，好像它们
一直就在那里，勾勒出逐渐变黑的背景

我脑子里抓不住的东西究竟会是些什么
它们不断奔跑，彼此冲突
如同我在这世界，总是走着无穷的歧路

我每天总到黄昏才安静下来
仿佛只有这时，一切才离开我
只留下一些滋味，让我在舌尖品尝

我的确说不出我品尝的是什么滋味
我进出的无数念头，只是空中的群鸟
它们扑动着翅膀啼叫，然后在深红里消失

2018年5月19日黄昏

空　旷

刚刚入夜，永商镇的街上就空无一人
我们走过的长街非常空旷
远处的高楼俯下黑沉沉的身影
零星的灯光告诉我们有人还没有入睡
街边的蛙声连成密集的一片
在我们脚旁，忽然跳过还没有长大的青蛙
我蹲下来想仔细看看它们
草丛已伸手将它们抱入怀里
我很奇怪到处都是空旷
步行街上的灯光，也只是照出我们的身影
其中一个朋友，不知何时说起他的爱恋
一些苦恼纠缠他很久
我惊讶他的年龄应该不会再去疯狂
可我慢慢发现，我在羡慕他的痛苦
好像只有痛苦，才能保持内心的敏感
我们继续走上很久，他的诉说

始终没有结束，我们也始终没有说出什么
当我们回转时，更深的夜铺开在街上
更多的蛙鸣始终不肯休息
那个朋友仍然在诉说，我终于知道在空旷里
我们中至少有一个人，抓住了自己的心跳

2018年5月24日凌晨

去那坡的路上

以前，我从没听过那坡的名字
现在，我在去那坡的路上
我坐的长途大巴，和以前坐过的一模一样
在高速公路外出现的山坡和树林
和我以前看见过的一模一样
我靠在椅背上，什么也没想
我只是喜欢，让旅途穿过熟悉
进入陌生的人事深处。能够让我心动的
是听到一个从未听过的名字
譬如那坡，它有石头与树叶的气息
它像直接从地下长出来
除了认识大地，它什么也不想去认识
我心里的涌动，也和它一模一样

2018年5月25日

田州古城

街边高大的牌楼
伸臂将所有的喧嚣拦住
里面像是另外一个城市
空阔得没有一个居民

沿着发白的街道行走
旁边的木阁房很少敞开大门
一个书店在拐角，除了店主
不计其数的书籍在等待灰尘

一条没有波浪的水
分开两边空着的太阳伞和座位
一些孤寂里诞生的念头
没有等来比孤寂更好的事物

跨过流水的拱桥上同样没人

树叶落在水上，鸟鸣落在水上
下午的两个小时落在水上
我在这里走过，却不能说我来过这里

一些细微的思想，一些
细微的波动，没有任何人能够抓住
仿佛这古城古老得没有历史，只有一个
让人变得缓慢，然后又遗忘的此刻

2018年5月28日

我想倾听宇宙深处的声音

我想倾听宇宙深处的声音
一眼望不到头的深处
只有黑暗在混浊地旋转

我久久地凝视
想着我们很可能就来自那里
来自看不见的彗星，它携带着充足的水

宇宙里没有声音
或许有，只是从未被我听到
宇宙里遍布的石头偶然会碰撞，燃起一场大火

我很想听见黑暗最深处的声音
轻微的一响
类似一张纸发出的折叠声

我折叠了无数语言
我用手指移动这些语言
把它们一个一个写在纸上

我凝望着宇宙
只是在夜晚，那些无边的空洞
不知是如何聚集起我的目光

宇宙里没有一种声音
或许宇宙不需要语言，它只
需要某种凝视，引燃它看不见的炸裂

然后是流星、灰烬
然后是更混浊的旋转
然后仍是我的凝视，犹如化石的样子

2018年5月28日

有时我会看见一些幻影

有时我会看见一些幻影
它们不断重叠，像很多人交叉走动
但留下走动前的影子

我该上前和哪一个说话
他是他自己，转眼又不是他
旋转的地球上，空间在一个个裂开

有人告诉我，你在什么位置
这点很重要，你是谁，这点很重要
是的，是的，我知道我是谁这点很重要

于是我让那些幻影继续移动
我睁大眼凝视他们，像凝视真相和谎言
然后我闭上眼，在白天的黑暗里，凝视我自己

2018年5月30日

六月的草坪

我无数次见过这样的草坪

在无数灰色的早上和云朵没散去的夜晚

很少有人在那里散步

现在是你一个人在里面走

草坪朝每一个方向起伏

一朵浅褐色的蘑菇使你蹲下来注视

此刻是六月，巨大的太阳在云层里燃烧

草根埋伏在泥土半指深的地方

像是随时会翻卷，缠绕住你的脚踝

我在草坪外看你蹲下去很久

那时我还不知是什么吸引了你

晚上，我从你拍下的照片里看见蘑菇

还有非常红的刺玫

据说毒蛇也喜欢这样的红色花朵

它们在草坪里开得零散

每一朵与每一朵中间有很长的距离

我推开窗子，一排灯光在很远的地方亮起
草坪在剪成矩形的树影后蹲伏
宛如一群刚出生的幼兽
它们还没有学会吼叫，浑身充满泥土的气息
它们在漂移的黑暗里
让我骤然听到自己的心跳

2018年6月10日

凌晨的堤岸

时间到了凌晨，我们在江边聚集
河流已经看不清楚，一层透明的雾
弥漫几十公里的范围，楼群像幽灵
在晃动的黑暗里挺出自己
河流像已不再流淌
一种平静下来的思想被灯光点亮
我们都走了很长的路
才到达这个凌晨，我们都走过
无数个凌晨，才完成一种隐秘的愿望
此刻河流上没有船只和鱼鹰
浅水区的石头，露出嶙峋的肩膀
此刻，我们内心该有某种形象和声音了
——前者使我们稳固，后者使我们回应
仿佛对岸终究会传来某声呼喊
我们凝视的，也正是我们内心的堤岸
它被我们选中的这条河流拍打

现在我们听不到河流的声音
在它身上站立的黑暗，不断将我们晃动
那么多飞鸟，不知去了哪里
那么多喧嚣，不知何时变得安静
也只有安静，才能让万物感觉自己活着
我们此刻就活在这个凌晨
在无数个白天死去之后，我们站在
这条凌晨的河边，天空在河水中不断变幻
我们身后的树，将重重叠叠的影子
和看不见的根，移入我们心里

2018年6月10日

灰色的梦

我梦见一条路尾随在我身后，
好像它从我脚后跟长出来。
我走一步，它后退一步，
当我回头，我又什么都看不见。

我微微感到惊恐，
我身后没有路，我是从哪里过来？
难道我经历的一切，
都被我在一个灰色的梦里否定？

我陷入我的思索，很久没有醒来。

2018年6月12日

写　作

我每天写到很晚

写一个非常长的故事

里面有很多陌生的地方

有很多我不认识的人

我试着用耐心，看清他们的一生

在几个微不足道的细节里

我会放进自己的某些经历

像一朵很不起眼的花

藏在无边际的草原深处

很多人不会看见它

或许也有人会凝视片刻，然后

在很久以后的下午或傍晚想起它

有时用微笑，有时用感伤

2018年6月14日凌晨

平　静

不存在的说法
是一个人可以忍受
最彻底的孤独

身边没有人了
只有树叶、云朵
只有一张书桌

桌上一台笔记本电脑
封闭的文档里
有很多密密麻麻的字

它们填满日子里
最狂野的部位
也是最要害的部位

一切看上去平静
这不能强求的感受
将由写作带来

平静可以捅穿
写作时的孤独
可以捅穿镜子

让抬头凝视自己的人
看见身后的局部
和不可知的全景

2018年6月22日夜

入夜时的云

散步时看见这些云
在变黑的天空垂得很低
我在街道上停下来
看着它们不断覆盖远处的屋顶
有人曾经问我，"喜欢晚上的云吗？"
"喜欢。"我回答，然后不知为何叹息
然后感到很莫名的悲伤
有人曾经有所觉察，"你为什么悲伤？"
我低声回答，"不知道，或许我没有悲伤。"
然后，我低下头陷入沉思
但沉思并不能稳住我的幻想
那个对我提问的人已消失了很久
我知道，我知道，回忆与现在
中间隔着很长的路
路不是消失了，而是躲在某个地方
或许就在那些发黑的云里

在入夜之时，它们继续陪伴我的沉思
只是现在，沉思已使我不再幻想
那些云聚集又散开，像一些回忆
像一些地球旋转时甩出的碎片
像一条走廊，有人可能已经回来了
沿着天空里那块发亮的瘢痕
也沿着这一首音色低沉的诗歌

2018年6月24日夜

失　眠

很久都睡不着
我看看时间
已经凌晨三点

我索性起来
点燃一支烟
烟头在黑暗里发红

这是唯一的闪动
在整间房的黯淡里
它是唯一的亮点

我既没有喜悦
也没有悲伤
我只是睡不着

我不想开灯
也不想读哪本书
我只是在黑暗里坐着

或许此刻
不会有另一个
失眠的人

在远处想和我对话
此刻雨声轰鸣
河流样涌进窗口

于是我感觉
我和整个睡去的世界
仍保持激烈的联系

2018年6月25日凌晨

红花中路

那天我去银行
几年了，它一直在红花中路的街角
那天我过去之时，银行消失了
街道的一半被围栏挡住
我微微感到吃惊。围栏上
挂着提醒戴安全帽的图像
纵横交叉的铁管，被巨大的螺丝稳定
我问旁边抽烟的男人，"银行呢？"
他非常随意地回答，"搬走了。"
他没有让我再问，又接着说，"去合水口了。"
我知道合水口，三年前我去过那里
几十个参加笔会的人，见识过
合水口的祠堂，见识过活了几百年
还将继续活下去的粗大榕树
见识过半尺高的门槛和屋顶上的飞檐
见识过一层层铺开的琉璃瓦片

见识过整条街巷的青石板

我现在见识的是这条被围住的大街

我看不见围栏里面的样子

我能够想象，里面那条十多米深的坑道

是怎样弯弯曲曲地延伸，把地壳的灰尘抹去

或许用不了多久，里面慢慢会有阶梯

会有圆柱和长椅，会有光滑的墙砖

会有坚硬的铁轨，铁轨上会有封闭的车厢

也许用不了多久，我会每天从这里下去

那时里面灯光明亮，一辆从远处开来的地铁

带给我新的速度，那时候的红花中路

仍在被隔开的大街上铺展，有人仍然

在街道两旁散步，在水泥修砌的花坛里

看一排排去年的种子，正抽出来新芽

2018年6月26日

正拆的楼房

我给那幢楼拍下照片
它身上的水泥都已剥落
几扇还打开的窗
很像眼睛，继续朝外凝视

推土机在它身下
推起非常多的瓦片和砖头
它们不久前还在它身上
组成它的骨骼和皮肤

我不知道它以前是什么样子
现在它有点倾斜
好像脚踝遭了重创
又好像血液正被抽干

坐在太阳伞下的保安

忽然站起，厉声提醒我
不要靠得太近。危险
存在世界的每一个时刻

看样子它挺不了多久
围绕它的两条街道
都已腾出几十米的空间
好让整片废墟垮出来

废墟总会提供一种掩埋
谁知道从掩埋里会长出
什么更新的事物？用一种
抵抗暴力的沉着和忍耐

我是否在赋予它并没有的东西
在废墟也将夷平的地面上
我莫名地想记录它，用一张
照片，和一首塞满砖头的诗

2018年6月26日

火山湖

这行星上总有令人惊诧的事物
我们都看不到它的形成
看不到它的过去和未来
譬如火山湖，也许在亿万年前
它就到达它的起点，然后
不断尝试自己的各种变化与前景
或许，它找到过更离奇的形状
为了匹配这原本就令人惊异的星球
该如何描述星辰和宇宙
该如何达到完美，所有的艺术表达
不一定深奥，但全部都很艰难
艺术交给我们想象力，仅仅是艺术
事物本身不具有想象，事物只是形成
这恰恰是我们眼睛所见的一切
它形成了，亿万年前的火焰熄灭
被烧焦的泥土变成褐色，地下水冒出来

涂上天空的颜色——天空有最美的颜色
让我们凝望时，获得艰难里的宁静
所以它和艺术无关，和思想无关
它只是存在，让我们理解存在的真实与非凡

2018年6月27日

飞地书局

第一次到这里是三年之前
今天是第二次
无数次听朋友们说起飞地
今天我穿过这里的书柜
穿过一排排书籍
穿过一个完整的书院
我们在这些密密的书籍后面
谈论一个朋友的诗歌
他的诗歌压缩在我面前的两本诗集里
有很多作品，我是第一次阅读
我暗暗感到惊讶
里面有很多我们没介入过的生活
在看不见的潮水下涌动
我回想认识他的七千多个日子
我没有加入那些缓慢的变化
一首诗、一个人、一段不再重来的人生

我永远不知道其中的变化

现在他坐在我身旁

他的诗歌，其实没人可以阐释

一个人记录自己的生活

沉默是最好的方式——

他在背对我们的生活里写下诗歌

一切是不是水到渠成？就像这个书局

它寄托另外一个朋友的理想

理想在今天多么奢侈

我们坐在这里，用整整一个下午

面前长长的书桌，窗口垂下的窗帘

把喧嚣不停的世界挡在外面

外面是另外一个世界，它和我们的面对

格格不入。我在诗歌里摁熄一个烟头

仿佛摁熄我胸腔里的全部孤独

2018年6月30日凌晨

过去的一次旅行

我时常会想起过去的一次旅行
在无边际的泥土上面，落日显得无比沉重

它奋力捶打地球，在犬牙交错的山峰
用身上濒临绝望的光线，剑一样攒刺

地平线勒紧我的脚，我只能站着凝望
然后，我进入整个世界变黑的过程

我记得那个时候，方圆十里没有人烟
地球变成平的，山峰被加深的黑暗覆盖

然后，我感觉世界在全速后退
在无边的黑暗里，全部退入我的胸腔

除了风，我耳朵里再听不到任何声音

除了自己，我再感觉不到任何别的存在

直到现在，我仍然在黑暗里沉浸
我仍然总觉得有种神秘，值得我去倾听

2018年7月2日夜

我每天走同样的路回家

我每天走同样的路回家
这使我恍惚觉得
我每天都走在我的昨天

其实我很想从昨天
一直走回到我的过去
我想认真地看看它，抚摸一下它

我知道我的过去已经死了
但它奇怪的没有留下尸首
也没留下让我能嗅到的气息

我总觉得我没有任何变化
围住这条大街的每幢房子
和天空的云，都没有任何变化

日子流逝，我的很多想法变了
我慢慢有了回忆
慢慢有了一些思想的影子

它们跟在我脚后，在鞋跟下
发出轻微的啪嗒声
它们使我一天比一天走得缓慢

好像我不觉拖住了一些沉重的事物
或许，我要到很久以后才知道
今天究竟有什么走进了我的生命

2018年7月6日

存在的焦虑

确定无疑，我心里有一股焦虑
它在我内心最深的地方波动
所以我总是凝视着自己
我想知道它的形成和将产生的后果
我回想我度过的岁月
回想我经历的挫折和失败
回想我生命里自以为重要的时刻
——没有它们，我不会成为今天的自己
可我不知道，我和今天构成的关系
是否牢靠？它是否也构成我和世界的关系
我惊异的是，我总像没进入世界
它身上有成千上万块石头，有激动不安的大海
在它皮肤上长出不计其数的植物和动物
我的确不知道，我和它们能互补出一些什么
我在它们之外，它们在我之外
我日复一日在地球上行走

觉得我越来越是一个陌生的旅行者
我既没有心得可以告诉他人
也没有获得一个真理安慰自己
我每天都背着旅行包，我每天都希望
我能在包里塞进一些认识
但它至今空空如也，好像没有任何人知道
我从来没设想，我和世界
最终只交换彼此的冷漠

2018年7月9日夜

灵感旅行的时候

灵感旅行的时候
我写不出诗歌

不知灵感
此刻走在哪个地方

地球上，群峰生长树木
海洋涌起巨大的浪花

沿途还会遇到很多双眼睛
它们有的冷漠，有的热情

一切我都熟悉
或许灵感会觉得陌生

这恰恰是它旅行的目的
在熟悉里，给我带回陌生的礼物

2018年7月17日

夕 阳

长时间坐在母亲身边
我一直听她说起那些
重复的、她经历的事情
我没有打断，我始终在听

母亲已经忘记
那些事情她无数次说过
每一次她都觉得是第一次
告诉我人要怎样活下去

我慢慢感到一股心酸
没有人告诉我要怎样活
没有人像她那样，希望我
活久一点，也活好一点

我想听她这么说下去

直到天色在窗外变暗
一抹夕光在母亲脸上晃动
我从没有那样爱过夕阳

2018年7月17日

我想彻夜拥抱你

我想彻夜拥抱你
好像醒来
你将不复存在

事情一旦发生
将有很多年空白
没有任何人过来填补

除了倒塌后的砖石
它们粉碎了
一个完整的世界

我将遇到很多死者
在他们脸上
都塌陷某个姓名

那名字从皮肤开始
进入肉里
最后到达骨头

几百年后
或许有个考古学家
在举起的放大镜下面

辨认其中一根骨头
他可能认出你的名字
也可能永远认不出

2018年7月17日

石头收藏家

他收藏各式各样的石头
椭圆形的，光滑的，粗糙的
有缺陷的，也有一些完美的

完美的石头该怎样描述
我苦苦想了很久
如同我苦苦思索完美本身

或许为了到达完美
他更改了一些决定——
从前画画，现在停笔了三年

三年被石头充满
客厅里一面石头堆成的墙
我想象他一块块垒上去

然后，将另外的石头
垒上书架和茶几
垒上宽大的书桌

他说，还有更多的石头
垒在封闭的墙板里
我们回头看到墙板上悬挂的画

于是我感到
在那些看不见的石头里
他封闭了一个想要完美的自己

2018年7月21日夜

辑二　白桦林

冥想的石头（组诗）

我摸到那些古老的字迹

我摸到那些古老的字迹
在一刻不停的磨损里增加着重量
每一块花岗石上的细密纹理
是否是时间要求现身的另一种形式

我摸到这些凹处粗糙的字迹
像一群高密度的元素，在强行的
凿刻里，把钢锥的击打声留在
石头的变形里——还有什么讳莫如深

仿佛几百年一个朝代的晦暗更迭
被尘土里的一根钢丝系绕
它系住我脑中出现的一秒钟幻象

在虚空里勾勒一个国家所有的业绩

这些业绩在字迹后面移动
在我的手腕和肉红的指甲上聚集
在虚构里把我耗尽的命运聚集，仿佛
去向不明的生活再次构成狂乱的风暴

1998年2月17日

与时间平行的诗歌充满了邪恶

与时间平行的诗歌充满了邪恶
在不眠者目光里像一头
斑斓纹身的豹子，它泅过恒河
在印度不灭的文化中包围了月光

我听到那令人百骨俱裂的吼声
越过一座高过一座的山峰
震荡着肺腑，一具灼烫的肉体
在沉沦里迸出玫瑰与朝霞

我看到亚马逊平原的沙粒
在它牙齿里破碎，我看到它的巨爪

就要在梦境里踏落，太阳石上的文字
就要横过宇宙间所有的星系和峡谷

各个时代的伟大名字，构成一片
高天垂落的光束，我看到今夜一张豹皮
笼罩在一群颅骨上方，一块冥想的巨石
就要在推倒时迸裂里面的元素与时间

1998年2月16日夜

我感到一种生活为时已晚

我感到一种生活为时已晚
我感到我度过的那些激情澎湃的
昼夜，没有用一把冷静里的尺子
准确衡量我的愿望和仅有的经验

如今我疲惫的目光只能从一架
理念铸就的铜泵上滑过，它锲入并且
疯狂地抽空我躯体里的力量，我羸瘦的
骨头，在行将废弃的文字里竭力支撑

对生活的误解就像对不存在事物的
遗忘，当思想里不可避免的分歧同时
进入我的命运，我看到源出谎言的真理
就像在北极的冰层里看到闪亮的火光

它抽空我脚下赖以立足的根据
也在我默许里抹掉年少时愚蠢的幻想
我感到生存这个巨大的幻象，在它的滚动里
不停地延长遗憾，却从不吐露一个音节

1998年2月19日夜

冬天的大海停止了一切涛声

冬天的大海停止了一切涛声
它全部溺在寒冷里的宁静挡住我虚弱的
文字的进逼，几百万平方公里
没有一个空隙留存惨烈的时辰

我仿佛面对碎裂成亿万片的镜子
在每一个角度，我看见我生命一长串的闪现
在它理性与劫数里滚过，仿佛不真实的存在
从陆地滑向我命定迟钝的天蝎星座

但神祇的召唤必将在某个日子来临
在高出一切的悬岩上并排站立的
天使，越过了世界最阴沉的渊壑边缘
他们被沉默的天空扩大了身影

我感到我为之颤抖的心灵
就要在这个时刻重新获得领悟
——一次虚妄就是一次诞生，愿望在今天
停止歌唱，我接近我一生未有的沉寂与漫长

1998年2月20日凌晨

散步或远行（组诗）

来到山上

我们动身来到山上
一个城市收入我们眼底
我们是否远离了城市
树林的呼吸像脸庞一样闪亮

弯曲的山路在周围盘绕
仿佛它可以一直
绕到无穷，在无穷堆起的高点处
万物将为我们升起

现在我们不看万物
我蹲下来，采下几朵
树旁的花，它们攥在你的手心

仿佛大海，攥紧几颗滑落的星星

2007年11月25日

来到教堂

在这里，我不和任何人交谈
座无虚席的长椅，都在倾听
一个布道的声音，他站在那里
白色的围巾，绕在他的红衣之上

一个妇人向我走来，递给我
红色封面的《赞美诗》——哦
我的确需要赞美，可我更需要
赞美前的祈祷，看着那双闭上的

怜悯人世的眼睛。于是我看着他
一个至高的痛苦，在时间里移动
直到音乐响起，我也终于闭上眼睛
于是宁静到来，像月光摸到脸上

2007年11月25日

来到江边

水从河床上退去，一块块石头
暴露出它们饥饿的样子
我从石头上走过，我的影子
变成它们体内的阴影

于是我被纵横交错的阴影包围
尽管河岸空旷，什么人也没有
尽管河水腾不起波浪，越变越小
可没有人会怀抱和我一样的渴望——

我渴望的就是来到这里！来到这个
什么人也没有的地方，我渴望我
再没有抱负，再没有悲伤，我渴望我
用水中的卵石，关闭一切孤单的火

2007年11月30日凌晨

来到公园

一墙之隔，就是另外一个世界
一切变得安静，一切也变得
缓慢，阶梯上的落叶滚动

扫帚样扫去整个世界的灰尘

我在阶梯上放慢脚步，像是放下
心事和烦恼交织的重量，当我
在阶梯的最上一级停下脚步
阳光如落叶，从四面八方落下

难道我站到了一个顶端？难道我真的
可以什么都不再想？什么都不再说？
我现在站在这里，一个公园的最高处
越来越厚的阳光，像裹住一个另外的人

2007年12月6日

来到雨中

雨整夜下在窗外，像一个
孤独的人，在瓦片上走来走去
我把房间的每一盏灯关掉
好像这样，我就来到了雨中

好像雨不停地落在我身上
好像雨就是那些沉默的光阴
它们不再把我挽留，我也

不可能站在原来的某个地方

我只能眼看这场雨水，缓缓落进
我身体的每个缝隙，我不能肯定
从中会不会浮起一个更孤独的人
他忍受着悲伤，渴望把久远追溯

2007年12月28日凌晨

来到窗前

我醒来的时候，乌云已经到达
它站在窗外，不断敲打那些玻璃
我坐起凝视时发现，它为了
增加力气，把自己降得更低了一些

我下了床，走到窗前推开窗子
推开窗子时我感到一点阻力
或许我是在打开一个缺口？
以便看清那被乌云遮住和压低的

究竟是些什么。雨只是接下来的攻击
我心头涌起不太安全的感受，所有的
颜色都变得暗淡，这使我感觉置身

一个旷野，耳膜上滚过听不见的雷声

2008年2月13日

来到雪地

厚厚的雪使夜晚缩得更紧
一棵叶子落光的树还是努力
挺拔自己的枝丫。我在树下
仰起脸，看它究竟能伸得多高

雪已铺满凌晨，没有熄灯的酒馆
酒鬼们在里面疯闹。站在外面的树
只有一只猫在它的脚跟处蹿过
我没有离开，仍继续在这里仰望

于是我吃惊地发现，无边无际的
寂静，正穿过那些黝黑的枝条
以突如其来的方式笼罩我，仿佛被雪
压紧的世界，忽然间打开了它的高大

2008年2月20日

来到树林

每片树叶都藏有一只鸟的声音
当它在你肩膀上落下，就变成
你耳朵里的鸣叫，你只要伸手
就能从耳朵里掏出一只鸟来

当鸟鸣变得稠密，你可以在落叶上
停下步来，辨认哪只是往年的鸟声
或许这林子里的鸟都属于往年
它们在草丛里，往往一躲就不再出来

当山上的叶子全部落尽，你就看着树顶
蹲在上面的鸟像你一样孤单，于是你开始
把自己想象成一个清扫整片树林的人
——我现在听到的难道真是扫叶之声？

2008年2月20日

来到古镇

一个名人的题词打开这座古镇
来临的细雨把墙壁洗得格外干净
我从几个卖伞人中间走过。我想

慢慢地走，在雨中的青石板上

一块一块青石铺得很远。玉器
藏刀，在方言和风里悬挂，碰撞出
童音一样的脆响，远处的拱门后
一座亭子伸直着手臂，像是要我过去

我没有过去。在一个银饰店门前
我停下了脚步。门槛边，一个穿脏衣的银饰匠
坐在椅子上锤打银器。他埋着头，一下一下
锤打的声音，单调得如此令人惊奇和美妙

2008年2月26日

来到草原

风压低自己的身体，一些石头
为我解释到来的目的，但它们
并不说话，它们要我自愿
把这里当作远行的终点

把这里当作终点——我当然愿意
好像有人在很久以前就告诉我
他说你要到一个地方，在那里，你看出很远

也看不见一个人，你将满意你的毫不起眼

我现在果然满意！四处见不到一个人
我站着的地方，只有背上没鞍的马匹
在身边吃草，我伸手抚摸它的鬃毛
我心里的渴望，在突如其来地涌起！

2008年3月5日凌晨

成都，成都（组诗）

白鹭

下雨了，白鹭还在飞
在一片连着一片的荷叶上面
它用又尖又长的嘴平行湖面
雨继续下着，它也继续
飞着，几个朋友在身边说话
他们的声音，有时候激烈
有时候平淡，我肯定他们
没去注意那只白鹭，我现在记不起
朋友们的交谈，只是白鹭
像浮标，仍在我脑中奇妙地动荡

2008年8月12日夜

武侯祠

在这里，我什么也不说
因为台阶沉默，台阶上的青苔
在沉默，甚至阳光
也在沉默，墙上的翰墨
不让你读，只让你
不出声地念，一个皇帝的墓
也在沉默，石碑在沉默
古鼎在沉默，一个位极人臣的
永生之人，他凝固起手中的羽扇
在面对我的沉默里把什么都说了

2008年8月12日夜

交大智能8区

凌晨回来，大门外的灯光
还没有熄灭，红白相间的栏杆
像一个封锁。在黯淡的午夜
让我不觉有种迟疑，这里
充满一个我不熟悉的夏天

有人在对面的街角消夜
灯光幽暗，他们小声谈论的命运
是我每天都和自己交谈的话题
小区里的人都睡了，我摸黑走过去
——黑暗是我早已熟悉的风景

2008年8月12日夜

茶楼（青羊宫街）

就选在这里了，随便哪张桌子
河水在松木栏杆外流淌
十年前它也是这个样子吗？
它为什么不像我们？如果它真的
像极了我们，它会变得浑浊一点
会变得迅速一点，但它还是缓慢
仅仅只像我们的交谈，在几个
陈旧的故事上纠缠，在我们离开后
它依然流过去，灯光依然亮起来
空下来的桌子，好像从未有人来过

2008年8月12日夜

读一本书（北岛或《青灯》）

在异乡读一本书，就是读某个人的
命运。他离开故乡很多年了
我在此刻也变成一个旅人
有时候命运就等于相见和告别
我常常透过故乡的玻璃看着远处
一个到远处的人，又总是看着
已经过去的生活。现在窗外下雨了
它只能下在一个城市，我现在就在
这个城市，在潮湿的灯光里我突然明白
我所拥有的一切，只不过就是此时此刻

2008年8月12日夜

杜甫草堂

那是我唯一没去的地方，它究竟
是个什么样子？在一个朋友的书中
我逐页可以看到。或许我应该选择秋天
在那时，天上的云淡得没人可以看见
能在秋天看见云的只会是一个老人

在他长袍的皱褶里，落满星光和虫鸣
我能够看见他的背影吗？即使他的步履
迈得比一个朝代还慢，那么我选择的
或许是冬天？在一场压满肩头的大雪里
站在门外，伸出手，又害怕叩响门环

2008年8月13日夜

宽巷子

在墙里镶进一张黑白照，穿背心的三轮车夫
在里面朝你注视。你走上去和他合影
这样你一下子就回到过去。他车里的土豆
一定刚从地里挖出，但你闻不到那些
潮湿和新鲜的气味。你面对照相机笑了
他也在你身后笑着，你不知他为什么发笑
等你再次回过头来，他依旧蹬着车踏
依旧保持回过头的样子，他甚至从头上
取下了草帽。你不知道他是什么时候取下
不知道他什么时候，就一直在和你告别

2008年8月13日夜

锦里

一面酒旗展开，然后是另一面
又长又窄的街道里，一块块石头
铺成了街面。人越挤的地方
就越是有人到来。没有哪种声音
能让我驻足聆听，或许没有什么
能影响我们的脚步。但是一个朋友
忽然站住了，他在身边的铺子外面
取下挂在柜侧的葫芦丝。当他吹响之时
所有的酒旗开始飘动，像在一个
幽暗的林子里，群鸟终于从里面飞出

2008年8月13日夜

幸福梅林

有梅林的地方就会有幸福，但要穿过
一场阵雨。在狭长的公路上
雨在车玻璃上敲打，在两旁的屋顶上敲打
在荷塘里敲打（在那里，一株白色的荷花
开了一半），车里的音乐像雨点

在我们耳膜上敲打，它要在敲打中拔出
我们体内的疼痛——那些傲慢的苦恼
那些坚硬的锈迹，它们眼看没有了出路
这条去梅林的路也是如此，眼看越来越窄
可它只拐一个小弯，又一下子豁然开朗

2008年8月14日

告别

告别就是另外的相见，特别是
早晨的告别，它像刚刚进入相见
有那么多人在这里，等候记忆的微光
渐渐变得明亮，像是一切变得开阔起来
从一个人的内心，送出越来越远的宽大
它把周围的街道和建筑收拢过来
把身边和远处的脸庞收拢过来，甚至把看见
和看不见的江河与山岳收拢过来，直到它
变成这个我们来了又将离去的世界
我们把它称为星球，上帝称之为尘世

2008年8月14日夜

二十一片树叶（组诗）

1

从前，树木就是树木
后来变了
我所有的不幸就藏在其中

2

我扔出一块石头
我以为把它扔出了很远
但是没有，它还是落在
这片极广阔的地上
就像我的命运，它也从来
没有把我扔出很远

3

那些我知道的
我已经知道
那些我不知道的
我永远也不会知道
所以，在我的思想深处
总会响起很陌生的声音

4

没有人去弹乐器
但音乐总是响起
那些听不到的声音
为什么我总时时听到？

5

原谅我总是给你
那些陌生的感觉
因为我不断在否定
这个一心想前进的自己

6

很多年以后，我仍将热爱
我现在热爱的事物
譬如寂静的植被
譬如永远在说话的鸟
譬如从不看我一眼的河流

7

知道远方有一些果实
这让我们快乐
这也让我们
不一定非要去那个远方

8

有一场雨
在我看不见的地方下着
正是这看不见的雨
让我的语言，湿润了下去

9

我总是做梦
我总是梦见我不在这里
我总是梦见一个奇怪的世界
但我说不出梦里
那些我清晰见到的一切

10

风把你从远方
吹来
又把远方
吹走

11

在地球的脸上
我们尽可能雕刻我们的生活
现在，我们雕出了一部分
剩余的部分，将成为答案

12

睡眠将我越箍越紧
好像它十分紧张
我不知道它为什么紧张
当我被它恐惧地箍醒
我不知道我为什么恐惧
好像我比睡眠更加紧张

13

一定得让什么刺穿心灵
但不是针尖
而是针尖里的洪水
猜猜看，那水里有什么尖锐的东西？

14

万物都作好死去的准备
我准备写下全部的过程

15

园丁在花园里
专心伺候他的花朵
蜜蜂在旁边，用他
听不懂的语言引导
他挥挥手赶开它
于是蜜蜂，回到上帝的蓝色手心

16

在草丛中我坐了很久
一直坐到
我的童年又一次来临

17

轮到你来说话了
说吧，无论你说出什么
总会有些东西
让我看见你的灵魂
在言辞中出现

18

我的心灵问我
"你究竟想要什么？"
我没有吱声，我想成为的
就是那个我不可能成为的人
就是那个整夜吹着口哨的人
就是那个赤裸得像海洋的人
就是那个在孤单的宇宙中
和奇迹始终平行并肩的人

19

太阳举起光线的锄头
奋力挖掘着我
我抱紧我的信心
我把脸庞仰起，看着我自己
被终于挖到生命边缘

20

有朝一日，我将焚烧这些诗稿
我将看着那些灰烬飘扬

它们像童年的肥皂泡一样飞起
但不具备那些鲜艳的色彩
它们全是黑色，它们全都将
沉重地盖在地球上面

21

树叶在风中摇曳
第一个人说，是树叶在动
第二个人说，是风在动
第三个人说，是你们的心在动
我旁观这一切
我什么也没有说

2011年4月19日至28日

题梵·高画册（组诗）

黑暗里
——题《满天星斗下的罗纳河》（1888年）

诞生黑夜的河流

也诞生了星星

一些宇宙的美

高不可攀，又涌到面前

它们——永恒总是在说

跟随我，你也能得到永恒

但是大地进入梦乡

那些继续散步的人背对诱饵

他们只听见大地的鼾声

只闻到一丝一缕

弥漫到天空的泥土气息

2015年1月6日夜

树叶
——题《麦田里的丝柏树》（1889年）

穿过远山和云朵

秋天开始降临

麦地在起伏，好像是

一群豹子在眼前奔跑

收割者还没有到来，或许

他们到来了却不想出现

在高高的树叶丛中

躲藏的火焰疯狂作响

仿佛一种生命里的闪耀

很快将彻底成熟

也很快将彻底变成拥有

2015年1月27日夜

回忆
——题《花开满原野》（1888年）

被田野唤起的回忆

总是无比温柔，所有的花

都开在这里，所有的颜色
都将变成金黄，宛如
所有的美好，都心甘情愿地
躺在起伏不平的野地
躺在大树、草丛和碎石的
每道缝隙。从太阳出发的光线
一根根推动地球，也推动
一个人的梦境和很久的孤独

2015年2月4日夜

经过
——题《阿尔附近的吊桥》（1888年）

总有人经过这里
树在很远的地方生长
河流穿过桥下，仿佛不想
再流到别处，堤岸的斜坡上
只有阳光抱住的草
一年年变黄，又一年年
变绿。总有人经过这里
像经过没有围墙的庭院
像走在光线铺成的地毯上
在这里，总有人经过一次

就像经过很温柔的一生

这里
——题《普罗旺斯的干草垛》（1888年）

所有人都去了远方
因为远方有山峦、密林
有飞鸟栖息时的翅膀
有一万条河流汇成的汪洋
留在这里的，只剩下草垛
剩下屋宇和无边际的金黄
无论何时，大地总会
拿出自己的所有，天空总会
拿出自己的辽阔，田野总会
拿出一首简单又丰富的诗篇
让自己一意孤行地获取平静

2015年4月18日夜

白色的衣裙
——题《穿白衣的女孩》（1890年）

当全部的植物在岁月里茂密
一些不认识的花
在绿色中仰起深红的脸
它们开放，然后凋谢
当一切结束，或许会有人
慢慢回想，回想一层一层
生机勃发的颜色，回想
自己曾和年龄匹配的衣裙
回想凝视里，忽然涌动的
温柔。只有在回想里
远去的人生，才会微笑着回来

2015年5月14日夜

认识
——题《第一步》（1890年）

住在田野的那对夫妇
或许他们并不识字，但他们

认识这里的每一朵野花

认识每天的气候，认识那些

长到屋顶的植物，认识犁铧

认识自己的耕作与收割

当一个阳光明媚的日子到来

他们还认识一种伟大的分工

——母亲弯腰扶住孩子，父亲

蹲在前面，他的手臂伸出

这是他们认识的爱，朴素而辽阔

2015年6月5日

屋顶
——题《奥弗村庄的街道》（1890年）

风吹动岁月

也吹动屋顶和石阶

无从知晓，那些房屋

建筑于何时；无从知晓

住在屋里的人何时离开

总有人，投身在希望里漂泊

总有人，被岁月抹掉

曾经活过的痕迹，只有

这些屋顶还在，墙篱还在

在许多年之后，如一种证明

被天空，充满怀念地俯瞰

2015年6月29日夜

搁浅

——题《在圣马迪拉莫海边的渔船》（1888年）

当海水退到远处

几条搁浅在岸上的船

终于得到休息，只有

画在船身上的眼睛

不肯闭上。没有人

知道人去了哪里，没有人

知道海水要去哪里

这些船凝望着海水

继续退去，海水也继续

朝它要去往的地方

孤独而不停息地吼叫

2015年8月12日

赞美
——题《樱桃树》（1888年）

有时候，春天也很孤独
譬如这里的草地
全部铺上绿色，干瘦的
树枝上也抽出很多新芽
但没有人来到这里
在枝干上，那个木耙
靠了整整一个冬天
真的，这里很久没人过来
没人过来的春天也依然
还是春天，天空搂抱着它
给予至高无上的赞美

2015年12月23日

白桦林（组诗）

1

看见整片白桦林，那是

中午，阳光正在照耀

但光线无法垂直而下

更多的光，被树叶接走

又被随意抖落，仿佛

连阳光也可以被人漠视

珍贵的只是树叶，只是长出

这些树叶的一棵棵白桦

它们站得笔直，看上去有些杂乱

又看不出真的杂乱，其中的一些

拥挤一处，另外的一些

保持自己想要的距离，每一片

树叶仿佛一种思想，在这里独自

成熟，发出它们深沉的嗓音

2

那是中午，我一个人登山
山腰间出现一块平整地面
白桦林就长在这里，不知
什么人曾在这里播种，也不知
它们什么时候变得茂盛
一条流泉在树林间流往山下
落入水中的树叶，不知最终
会在哪里离开水面，或许一块
石头会有更大的吸引。石头
比一切都要坚固，也比一切
更值得信赖。我靠在一棵树上
慢慢抽烟，烟缕在树叶间
迟疑着飘散。我现在远离的
正是声音，我的沉默是一种阅读

3

真正在阅读的只是这些树叶
看上去，它们全部都在空中
它们每片都是金黄，每一片
叶子都是心型，整片白桦林

有亿万颗这样的心灵，它们
全部都沉浸于阅读，当大地
仰面对它们展开自己，它们
从树身上挣脱，大地为它们
翻卷出一股难以言说的气息
——温热与潮湿，同样将我
笼罩，在白桦林统治的帝国
全部的大地，都向这里移动
从树叶间还可以看到，云朵
和飞鸟，也逐渐向这里移动

4

只有我站在这里，一个再没有
他人的白桦林。季节抖开
野花的外套，一些红色和紫色
都在树下翘起拇指，像一些
真正的诗行，读不到韵脚
但看得见起伏，围绕白桦林的群山
也在很远的地方起伏，它令人感觉
群山就是一串项链，正给
白桦林的颈脖戴上。但白桦林
并不要求鼓励，它们有自己的
语言和交流，当风从这里吹过
它们哗哗的诉说需要仔细倾听

我承认我不是那个能听懂一切的人
但我接受倾听如接受一笔欠债

5

我回想我过去的日子，回想
我曾经有过的种种损失。在我
无法得到宁静的时刻（我感觉
那些时刻无比漫长），我着迷的
是城市和它的建筑，着迷那些
时光不肯挽留的生活。从一个地方
到另一个地方，我从来不去想
我在途中会丢失一些什么。但丢失
的确在我生命里出现。它像一个
越变越宽的裂口，不知何时
将把我全部吞没。我知道生命中
有很多日子死去了，如生活的
一些流逝不再重来。我忽然想把
失去的全部收回，让我打量和沉思

6

惊异这片白桦林，也就是惊异
另外一个世界。这里没有人烟
也没有喧哗，唯一的声音来自

树林边的流泉。我饮用它时
一股从未体验过的清凉在我体内
流淌。我知道我干涸得已经太久
爱上清凉的人容易变得贪婪
我现在就感觉我变得贪婪
我感觉明亮从我身体里升起
恰如这些树，让我的视线升起
天空在更高的地方升起，它们
为我展开一个无穷，令人惊奇
也令人微微激动，一片片落叶
落在我身上，替我长出一层羽毛

7

真的没有人吗？我不断打量
白桦林的深处，在一棵树
和另一棵树的间隙里，一座灰色的
木屋在远处出现。我久久地
凝视那座树木搭起的小屋
屋顶是粗硬的树皮，支撑它的
是一根根滚圆的树木。将它们
钉在一起的钉子不可能看见，里面
住着的人也不可能看见，那会不会
是一座没有人居住的房子。我很想
走过去，但还是站在原地。

我不断猜想，曾有什么人住在里面
他居住了多长的时间？岁月在这里
就是石头和树木，它们组成寂静的波涛

8

不知那两匹马从何而来
它们忽然跑过林间。我微微一惊
手指间的烟灰，忽然就掉到地上
非常厚的落叶，忽然就从地上翻卷
瞬间又恢复成原样。我看着它们
浑身赤裸，肌肉在奔跑中
不停地掀动。我最羡慕的
是它们绷紧的皮肤——很深的棕红
太像无端来临的火焰，我不由体会
一种寂静里的燃烧。它们很快
奔跑到远处，然后消失。我开始明白
我不能放弃的，恰恰就是那种燃烧
它埋在我心里，变成一颗种子
它长出来后，会是一匹白桦林的野马

9

种子最需要的是灌溉，我全部的工具
就是我全部的沉思。昨天和今天

今天与明天，组成我生命的全部
我不需要它们有炫目的外衣
如果那样，我会有不合身的感觉
裁剪是最深的艺术，就如一棵白桦树的
生长，哪里会有疤痕，哪里会有
粗硬，该在哪里睁开眼睛，该在
哪里忘记痛苦，最后该在哪里
挺拔出自己，仿佛这些，就是它们
毕生的工作。我不需要发现
一棵树与另一棵树有何不同。我宁愿
它们都是相同的样子，或许它们
本来就很一致，完成它们一致的一生

10

事实上每个人不可能完成
每个人的每天，都是一个开始
就像这些不断飘飞的落叶
它们都在回到自己的开始
从绿色到金黄，又从金黄回到绿色
只是这片白桦林广阔，很少有人
注视一片落叶，很少有人
观察某个人生的细节，我知道很少
有人来到这里。当我此刻到来
感觉是接受某种神秘的劝诫和指引

我停在树的影子里，也停在
我自己的影子里。当阳光终于
穿过树叶，落到树和我的影子深处
我的影子也在寂静里变得透明

2016年4月29日

辑三　微暗的火

雨（长诗）

半夜，雨声，
让我醒来。
从枕上，
抬起后颈，
像有某个人，
在打开一半的窗外，
等着我辨识。
时间，在我腕上，
它的圆，
它低沉的嗓音，
一直没停。
我的梦，
一直被压着，
不能跑出体外。

那面粉刷不久

没颜色的墙，

还要站着，

将口里

含着的黑暗与凉，

咽到腹部，

咽到看不见的地方。

像雨，落到时间的深处，

落到看不见的树林。

那里有几棵树，

会脱掉叶子的衣裳，

就为它，为雨。

我的腕上，

时间，继续着

低语，永远不停。

——我从没有

见过它累。

它总是重复

同样的音调；

像我，总是重复

相同的日子。

雨被什么

磨成碎片，

不规则，

不像一个人跳舞。

而我等不到

一个跳舞的人。

他不在附近，

不在我旁边。

从我的屋檐，

一直落下来的

瓦上的水，

将夜，当作衣服，

用力地洗，

头也不抬地洗，

它浪费掉很多

默然的脸，

枯干的脸，

和已经慢慢

仰起来的脸。

新鲜的，

腐烂的，

忽远忽近的叶子气味，

伸出一片指甲，

在我脸上

慢慢地刮。

我侧过肩，

用呼吸（多么大胆）

交换欲望。

用肺（多么冒险）

交换空气。

我的窗台，就要淌过

三分之二个半夜。

我知道不够，

在眼睛里，

晃动的影子，

穿过了雨，

穿过我的身躯，

双手和脸庞，

在时间，

和梦的深处，

试着生活；

就像雨水，

在诞生前，

试着

穿过海洋，

草原和旷野。

同样的水，

同样的元素，

夜在我齿间，

睁着全部的眼。

它要看着我，
像看着一棵树，
一片片脱掉
叶子的衣裳。
我已用完的
分秒散乱，雨，
变得无声无息。
大地上的距离，
在朦胧里
收拢，又
无边地散去，
时间单纯，有什么
是需要改变的。
我坐在这里，
我的无眠，
是不能
对症下药的病。

2000年秋

微暗的火（长诗）

我用秋天

把你裹住，微暗的

火。而你并不需要。

你的脸朝下。

你的额头，

穿过我的手，

穿过你的重量，

和每串时间，

像一块停止

往下坠的石头。

一点点聚集，

从我看不见的地方，

从我

觉察不到的时刻。

一小堆纤维，

突然又吹起的

风，寂静的树，

不出声的水，

在日子里流，

在离我

几步远的地方流。

我枯干了那么久，

每个时辰的形体，

盐的味道，

整夜的孤独。

我不知道，

你是不是我的灵魂？

是不是我的抚慰？

你垂下去的脸，

不让我看清。

从你身上，

暗下去的时辰，

有我的过去，

我的现在。

户外的波涛，

漫不经心的面孔，

那样固执

和陡峭，

我的攀登被拒绝。

继续的时辰里，
我的手，
在寂静里
摸到寂静；
在你眼睛里
摸到月亮的灰尘。
我是否去过月亮？
见到熄灭的
环形火山？

你就在那里居住，
像一粒种子，
坚硬，有着
清凉的棱角。
时间的粉末，
掩住你的手，
一起一落的手。
我听见你的微响，
在耳边擦，
在夜间走，
像一次旅途，
来来回回，
滑向黑暗和我的耳轮。

你离开我的土壤，

将自己，

流放到空中，

或者密林。

我看见深处的闪光，

潮湿的暗影，

艰难地

移动着，像天上的云，

不休息，不睡，

你的脸，

垂下去更深。

我的身边，

留下来孤单

和许多的黑夜。

你不肯回来。

在空间

变成时间的一刻，

秋天的心，

更深处的血，

升到高处的

火红的星辰，

寂静的钻石，

在大地上

滚动，紧闭着双眼。

像我的呼吸，像我的记忆。

伸出手臂的痛苦，

有你的外沿，

有你没吹散的灰烬。

在另外的地点，

另外一个早晨，

秋天的落叶，

一片新的流水，

眼睛和梦，

灰蒙蒙的光，

在同一时刻出现。

那儿就是你的位置，

过去的位置，

也是将来的位置。

如果熄灭，

你只要

把这仅有的一切，

在寂静里留存。

2000年秋

一个冬天的下午（长诗）
（纪念麦可）

1

炉子里的火灭了。下午两点开始
新来的大学生，蹲在炉旁，用一把火钳，不停把灰堆
从炉膛里往外拨赶。炉壁，碰撞得"砰砰"直响。
恶意的烟，要把他的眼泪熏出。他又
撮嘴吹了吹，但没有火——烟，变得
更浓，满屋子散开。刚刚结婚的

美术编辑（女），从外面进来，"这样
不行，还有没有
火柴？"大学生笑了笑（他脸色腼腆。21岁。心里
还没有钉上一个插销）。办公桌
后面的同事，不停地呵手，用半侧的眼睛，看着

美术编辑落座。"现在没什么新闻，刚才有只狗，被汽车
碾得断了气……"然后，他完全地
侧过身子。在侧身之前，他用
从抽屉里拿出的深绿色绒布，仔细地
擦好镜片。雪又开始落下，特别

沉重，但并不像铅。它只在地上，搅起粗鲁的
泥浆。几把伞，像一些
鲜艳的玩具，偶尔
转动几下，像是不打算
在世界里沉浸。关死的窗户是另一个世界，二者
不打算沟通。火还是
没有生好。一封信，只读过一遍。

2

"告诉你一个不幸的消息，我们的朋友
麦可，昨天晚上七点，在医院
死了。心脏病，在他晚餐后发作，把他抬入
救护车时，已经不能支撑……"我现在

又读一遍来信。走廊里空空荡荡，一个同事
拐进一扇门后，钉在门上的橡皮，瞬间把门关死。
我凝视一会，仿佛以前，从来没有
注意。木质楼梯又响，边沿踩得踏陷。门开了，·

又关上。痰盂摆在墙角，唾沫和烟头，改造一个
角落里的世界，像球，抓它不稳。我以前
从来没有注意。没什么变化——但变化，
肯定在秘密地凸现。我现在听到眼眶
在试着打开一条堤岸的声响，像一把铁锹
慢慢撬动泥土，好埋入一些什么。

——它要埋入一些什么？
墙上的壁钟滴滴答答走动。
我望着那里，但眼睛没在看它。
它走动得那么匀速，那么狡猾，那么慢。
斜对着它的墙壁的影子，遮掉它的一半。

3

一个雪人站在门口。
眼睛——煤球；鼻子——通红的萝卜。
它在笑，很高兴，很冰冷。
它快死的时候也会是这个样子。
但它首先是变矮，仿佛
地基在发生变化，充斥着它弄不明白的含义。

它的嘴巴没有做出来。
它对自己的存在不作任何解释。

4

两年前砌好的居民楼前，仍是一片空地。
挖土机挖出一个大坑。一只钻来钻去的老鼠，
在这里寻觅它的食物。雪还在下，它对雪，
从来不去注意。它不说一句话，只是
埋头寻找。我站了很久，大概二十分钟，我一直
就在看它。死，大概就是它毛皮的颜色。
我一直看着它，而它
突然不见了。可能

死还没有这么快，从四楼（？）下到一楼，很重，
像一个包袱，没办法抖开。他背着的
就是包袱，背着它去死，去看一扇门
"嘭"的一声关上，像一个雪球
飞出去，在地上炸开。那时，我手上
就搓捏一个雪球，我没有
扔出去，我使劲
捏硬它，使它，不再有水，从我手缝间滴落。

"可那是我的，我的。"准备过年的气球，"啪"的
一声，碎了。鼻涕，在一个两岁的唇上，没有
揩干。我突然回过神来，看着一个

追赶的影子，忍受着哭，然后又是喉咙，又是
在痛里的忍受，跑出了年龄。像一个链球，
慢慢围绕轴心，在转动里，冷不防
飞了出去。在渐渐
勒紧的黑暗里，让脆弱者滑倒。

而突然间，老鼠又蹿过
巨大的雪坑。东张西望。除天色渐晚，没什么变化，
但它，要寻找一种变化，让自己生存，
在焦虑里，活下去。

5

后来，星星开始旋转。它们都有
一个光环。那么大，那么明亮。但都
拘禁在一个轨道。一个死去的人，大概
将更新一次理解，但不写下
他的记录。像一次痛哭，在怪异的平静里
颤抖，抽搐，从不流下眼泪。如果猜测，会有人

不得不想：那里的土壤，究竟充满活跃，
还是仅把人的骨头埋掉。不管骨头，是否再次生长。

2001年冬

散步·雨（长诗）

已经到了凌晨，一场
刚才还没有出现的雨
从天空中下下来
我开始希望，这一首诗歌
会因此变得湿润
我像是一个人在走
一个人在呼吸从雨里
散发出的某个身体气味
就像现在，我感觉我的身体
正伸进一些夜晚的指甲
它刮在我骨骼和骨骼
交叉的地方。说不出
这是一种什么样的感受
或许我需要的
也就是这样一种感觉
——当夜晚还深得

不够，我可以
俯在自己的身体里面
那里会有足够的浓度
将这场没有目的的
散步，无穷地延续

我像是一个人在走
像是身边没有别人
有的只是细小的呼吸
和一些没有长大的黑发
但它已有了捆住什么的
力量。或许，它现在
就在捆住这个夜晚，捆住
我不能从体内伸出的脚
如果可能，那些脚
会走得更远，它将替代我
走得比一条蜥蜴更快
一下子踩住那条
黑夜的伤心尾巴
我感觉自己
就是一条黑夜的尾巴
它在地面的雨水里拖着
灯光在上面摇晃，像一个
内心的鬼，试探着出来

我什么也说不出
或许说了也在此时忘记
我好像不知道
我为什么会在那个时候散步
我好像藏起了某个思想
藏起了某个念头
雨下得不大，但也一直没停
我好像忽然学会了伤感
好像从来没有经历过

可的确如此——这么晚的散步
我从来就没有经历过
我甚至希望，这个夜晚
会变成地球的一个角落
我可以一直留在这里
证明我还活在这个世界
活着呼吸，活着学会伤感
活着在这世界的角落
爱上某个身体的气味——

我闻到那个身体的气味
就在我的旁边，像一个完美
我竖起了耳朵倾听，透过这雨
透过雨水淹没的路灯和树叶
——我为什么会感到如此孤独？
我为什么会感到如此伤感？

我闻到那个身体的气味
就在我旁边，雨水积在地下
被两个人的脚步踏响，像是我
忽然感觉到的声音，在心里
发出了它的响动。于是我听不到
这世界还有其他的什么声音
仿佛这条散步的街道，可以一直
延续到世界也不能到达的地方
可是你在这里，在我的旁边
我因此愿意相信——
你就是这世界唯一还存在的完美
你就是这世界唯一配写下的诗歌
雨水在路灯和树叶上敲打
街上再没有行人，只有我和你
在雨水里走着，让它浸湿着头发

再拐过一个街角，这场散步
将要结束。现在是什么时候？
我们走过了多长的时间？
这块黑夜的背景，这背景里的风
揉碎着灵魂。一个人的身体
将在黑暗中消逝。在收住的雨水中
星辰开始结冰，在高处
挂出它的颤抖，仿佛是我
又回到一个起点，回到一个

隐藏着的软弱。但此刻还没有结束
还有一个拐角，雨水在继续
流向它的低处。那么让我们继续散步
放慢那些并排的步子
让我们继续走下去
让我们一直穿过凌晨，走到时间的尽处
用宽恕的手臂，和整个世界抱在一起——

2006年1月26日

冬夜（长诗）

拧紧发条之后，那玩偶动了起来，
仿佛它是一个活物，或者它就是
我一直寻找的某个人。

首先是在人群，然后是
不计其数的建筑，车辆驰过。
我花费了那么多时间……

现在我还想仔细观察，在街上
从我身边路过的每张脸孔。
但冬夜的衣领竖起，挡住我的注视。

像在梦中，我继续我的寻找。
我呵出的气缭绕着，
在我眼前，又很快散去。

一种预感压迫我，
我什么也不能抓住。
岁月逝去。在我脸上，
岁月正揭去一层模糊的东西。

我想我应该加快脚步，
到那个我还能认出自己的地方。

我想我是不是习惯了这样走，
头埋得很低，好像有什么
需要我低下头辨认。

月亮越变越白，
那上面藏着很多环形火山，
没有人到那里去过。

城市越来越黯淡，
我有点认不出来。
有人曾要我不要相信。
我发现我已忘记他说的
不要相信是针对什么。

我的确已经不太相信，
就像忽然出现在我眼前的那个男人。
他向我借火，他想抽一支烟。

我摸了摸身上。没有，我什么都没有。

他冷冷地看我一眼。
我几乎感到恐惧，因为他的眼睛，
忽然有种闪烁，我说不出
里面的意味，因为他的眼睛，
是效果不太好的镜子。

但我到哪里才找得到一面镜子？
我惊讶我为什么会需要一面镜子？
难道我脸上的一切会在镜子里出现？
甚至包括那已被揭走的东西？

行走中我忽然听见身后有人叫我，
我赶紧回头，
没有人叫我，也没有人向我招手，
就像没有人向我告别。

告别？我不禁开始琢磨，
我是否有过一次告别，
是在车站吗？我很久没去过车站了。
那里灯光刺眼，我担心
它会不会刺穿我的黯淡。

可我真的在走向车站。

一列火车快要开了。
我没有去购买车票，
我知道我并不想登上火车。

火车会到达一个远方，
但不管穿过多少个隧洞和冬夜，
火车也到达不了月球。

月球属于宇宙，
宇宙总在慢慢旋转。
我是不是也一直在旋转？
所以我总感觉我没有走得更远，
我总像在原来的地方。

但是岁月逝去。在我脸上，
有一些东西，暴露得越来越多。
我想得到温暖——这是不是妥协？

大半个夜晚过去，我有点累了。
我找到一个墙角，我想在那里
蹲下来。我知道这不是我要到的地方，
尽管砖头在墙上，暴露出它不可思议的丑陋。

是不是万物都渗透自己的丑陋？
它们全在黑暗里敞开。灯光的梳子

梳理万物的头发。难道我真的
闻到万物的气息？以致开始剧烈的咳嗽……

当欲望变得沉闷，我也越来越
感到我已不再是寻找，而是
越来越严厉地审察自己，让一直
躲避我的秘密，继续驱赶我的行走。

但是白昼开始进来，用它的光线
撬开黑夜铺下的地板。我猛然从椅子里
站起，好像是发条变松的玩偶，在将要
停止之时，又被另一只手，突然拧紧了一次……

2012年1月7日凌晨

成长（长诗）

看着电视里

出现的那匹卡通恶狼，儿子猛然

从沙发上跳到地上

那天，他神气十足地告诉我

他已经五岁，可以去保护

森林里遇上大灰狼的小红帽了

难道那就是他的成长？我几乎

想笑，但他催着我

慢慢走向中年。我多久没想过

小时候的事情了？我记得一块石碑

不到三尺，牢牢站在童年的门口

镌在上面的字迹我早就无法想起

它的右上方缺掉一角，那时

我喜欢站在上面，仿佛一下子

我就长高，变成一个大人

喇叭形的花朵，不停从树上掉落

我常常梦见我爬到那棵树顶

坐在一朵花中落到地上。一天早晨

我醒来时发现树已经伐倒

天空一下子从瓦上铺开，我拼命忍住泪水

我恨死了舅舅，他为什么把树砍倒？

我躲在门后，看他蹲在树干上

抽烟，我很快忘记了

最初的经历，那时我并不知道

当所有的经历返回，会比经历时

更加清楚。现在我就常常看见

我蹲在外婆家门口，将塑料瓶里的水

注入蚂蚁的窝穴，蚂蚁乌黑的头

变得更加锃亮，它们从水里爬出

寻找一块干地，我不停加宽着

水的面积。那时候没人告诉我

每一种游戏，都不能太过漫长

我结束了童年，但还是没有长大

现在长大的是儿子，他的影子

在一天一天的时间里

成为地上长出的一片浓荫

它会不会覆盖我？我弯下腰

已拾不起任何东西，他把拾起的一切

都在抽屉里锁藏——橘子皮

没有封面的图书，在这些上面

是我用纸做的一把驳壳枪。当我想起时

再也不能找到，或许真正的童年

就是一连串的失去。我是否真的明白

儿子失去的究竟是些什么。现在

又是很多年过去，他在台灯下

翻开一本五岁的童话，我记得那时

我牵住他的手，走过落叶的街道

夕阳在他眼睛里塞满，仿佛我的生活

可以从此不再黯淡，可那本童话外的一切

都没有明亮闪烁。我掩饰了一切

像在他窗口拉上深色的窗帘

我向他掩饰了关于我的一切——

一个父亲的脆弱与孤独，我不愿意

他去看透我的内心，我更不愿意

他看见我命运里躲藏的盐

他在台灯下看书，但已经不笑

是否成长就是笑的失去？我忽然想起

有很长时间我已没有和他谈话

他是否会明白一些事情的意义？我至今

也茫然生活的很多片段。爱与恨的内涵

我始终不能参悟，我看着他的眼睛

几乎有种严肃，里面是什么在吸引他？

使他忽略身边的一切，我突然感到羞愧

——我隐瞒的事情，他是否应该知道？

知道了，他是否能够理解？

那是他不曾进入的世界，但也

恰恰是他要走入的世界。他现在看见的
只是房间里的灯，在亮起时恍若星光闪耀
星光下的河流在他眼前流淌，他还
不明白河流下的黑暗，会有怎样的
足以淹没人的漩涡。我发现我有时
不敢去看他的脸，他脸上的眼睛
多像我童年时看见的水井，吸引一切的神秘
在那里不停地摇荡，他在塑料桶里养着的蝌蚪
那些小小的尾巴，也在我的童年摆动
我看着它们长大，尾巴在慢慢消失
直到在柔软的身体中，长出四条
黑黝黝的腿，但它们很快就不见了
那消失的一切，在今天如此令我怜悯
我几乎想哭，为我怜悯的一切
——那些变枯的草地，一夜雨打后
掉在树下的花朵，一只饥饿的麻雀
在雨中打开翅膀。我是否能
抓住一些什么？命运只为我展开
一个又一个局限，在今天
不再有突破的可能。我不明白我对事物
为何还保留新鲜的打量，即使那些打量
在逐渐完成它的变形。我在变形中
看到自己的错误，我已不能再纠正
我生命里的所有过错。我现在能移动的
只是词语，一些脸庞在里面移动

在树叶上撒下稀薄的灰尘

灰尘掩盖了所有真相——但孩子不会知道

他的手一直让我牵着，在漆黑的巷子里

他的惧怕，只是对黑暗的简单抗拒

他把我的手越抓越紧

直到有路灯的地方才猛然松开

我现在想说的是一切都不会停顿

黑夜和白天，不停地交错

他以为不变的事物一直就在变化

就像我带他去看去年的河流

沉闷的水声听不出有任何不同

我是否该告诉他，属于永恒的只有流逝

哪怕至高的星光，在我们看见时也早已死去

但它们总像是在活着，在我们的仰望里

它们活着，不管多少年前

还是多少年后。那时我把判断的权利

从我羞愧里交出——这命运里的爱

在告诉我生命究竟是一些什么

我今天不断地凝视他

直到我，艰难地返回我的自身

2018年7月11日凌晨

后 记

编完这部诗集，长出一口气。

这是我的第三部诗集。第一部诗集《你交给我一个远方》于2015年在花城出版社出版。2018年，浙江工商大学出版社出版了我的第二部诗集《我走过一条隐秘的小径》。

时隔半年，这部诗集出版。

编辑第一部诗集时，选收诗歌十分从容，毕竟，那时我已写了近三十年诗歌，足够从较长的写作时段和自己印象深刻的作品中进行取舍；编辑第二部诗集时，有些难度，感觉拿得出手的作品已没剩下多少，好在新作累积不少，还是能潜心顺利编完。接到这部诗集的出版约稿时，心里终于发怵，担心汇聚不了足够的满意之作。担心促使我将九十年代之后的所有诗歌进行了全部重读，然后进行选择，所以，这部诗集的时间跨度是最长的了。开篇之作写于1991年，最迟的作品则到了2018年，其中剔除了收入前面两部诗集的全部作品。我不愿意再次收入的原因，仅仅是自己在购买同一个作者的不同著作时，见到有重复的作品后不免有扫兴之感。我想避免这一或许会给读者带来的扫兴，所以，在这部诗集的编辑上，我投入了巨大的精力。

定稿后，我有下面两点想要说明。一是诗集中收入了不少曾被自己遗忘的作品，尤其几次更换电脑后，淘汰或损坏的电脑里有很多诗歌和其他散文类作品不复存在。这里要特别感谢四川诗人彦龙兄，他将我1998年在《诗镜》上发表的一批早年汇总性作品逐页拍图过来，使我从这批遗忘之作中挽救了几首。二是我在面对整部诗集的时间跨度时有些惊异，它们让我看见自己走过的诗歌道路。我对诗歌的理解在序言中已经表达，尽管我二三十年前不会有那样的写作观点，但我还是发现少许旧作无意间吻合了这些观点。这就是一个诗人必然行进的写作道路——从无意识到有意识。那些能表现今日观点的无意识作品让我不想舍弃，那是我真正的起步。没有这些起步之作，我不会写出今天的作品。所以，这部诗集的出版对我有格外不同的意义，和前两部诗集相比，它更能让我看到自己经历的生活点滴和写作技巧风格上的种种尝试。读者虽不一定能看出，但我自己非常清楚，我曾在何时吸收过什么，又在何时进行过扬弃。当然，这部诗集收入更多的还是进入新世纪之后的作品和近期新作。我在每首诗歌后面标注了写作日期，除了近作，大部分作品日期后都还可以附上新的日期，因为我对入集的作品都在这段时间进行了反复修改。我愿意说，这是每首诗歌必然携带的严厉要求我这么做。

编辑一部诗集不易，出版诗集更难，对每个写作者而言，前路始终漫漫。面对我写作生涯中的每一位文友和读者，面对发表这些作品的刊物，尤其面对一些意外的出版机缘，总觉道谢的话都很轻飘，就把它们都藏在心里吧。

远人

2018年7月12日凌晨于深圳